新装版

必殺闇同心 人身御供《ひとみごくう》

黒崎裕一郎

祥伝社文庫

目次

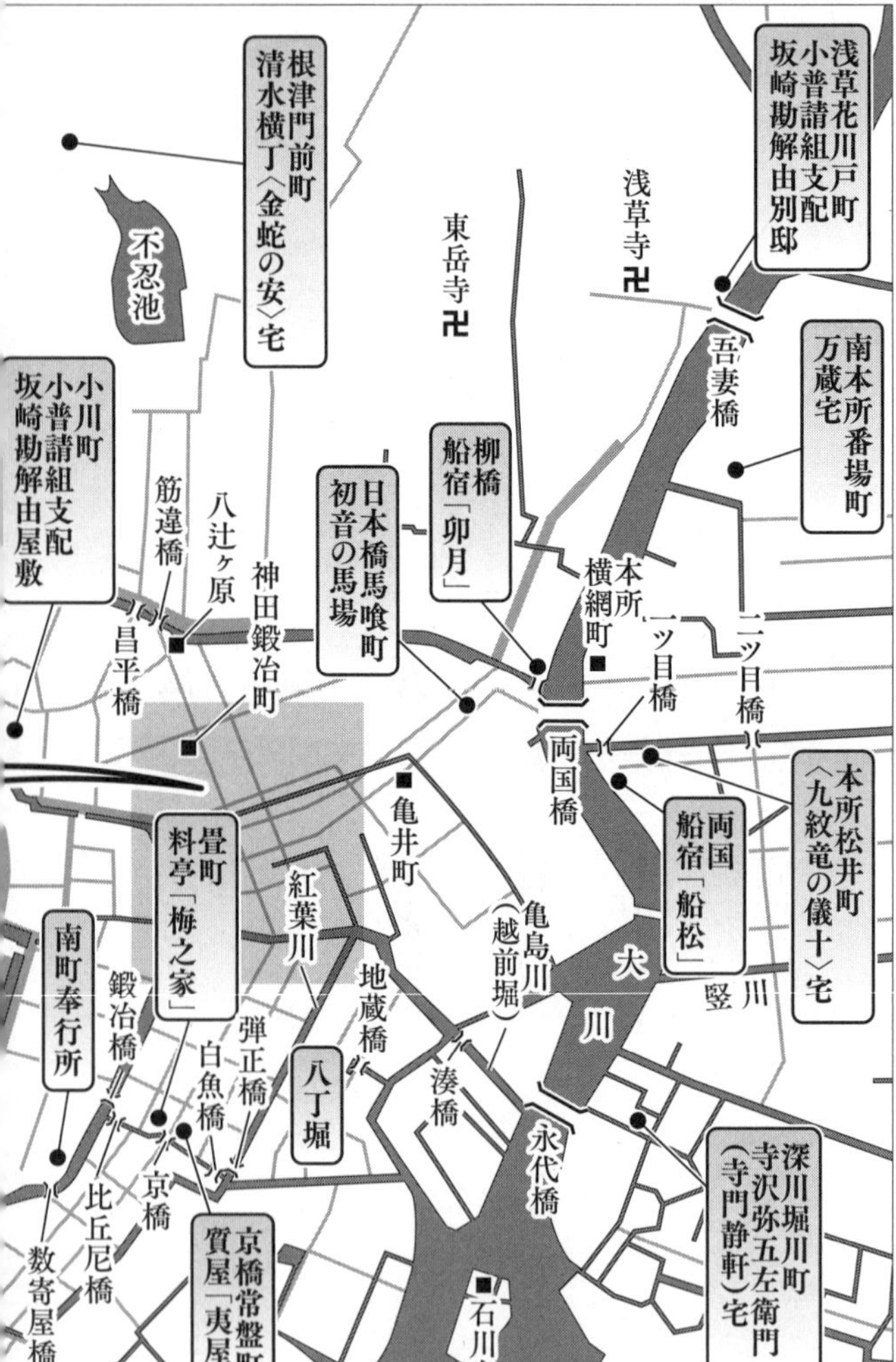
浅草花川戸町
小普請組支配
坂崎勘解由別邸
浅草寺
東岳寺
根津門前町
清水横丁〈金蛇の安〉宅
不忍池
南本所番場町
万蔵宅
吾妻橋
柳橋
船宿「卯月」
日本橋馬喰町
初音の馬場
小川町
小普請組支配
坂崎勘解由屋敷
筋違橋
八辻ヶ原
神田鍛冶町
本所
横網町
一ツ目橋
二ツ目橋
昌平橋
両国橋
本所松井町
〈九紋竜の儀十〉宅
両国
船宿「船松」
亀井町
畳町
料亭「梅之家」
紅葉川
亀島川
（越前堀）
大川
竪川
南町奉行所
鍛冶橋
地蔵橋
弾正橋
白魚橋
八丁堀
湊橋
永代橋
深川堀川町
寺沢弥五左衛門
（寺門静軒）宅
京橋
比丘尼橋
数寄屋橋
京橋常盤町
質屋「夷屋」
石川島

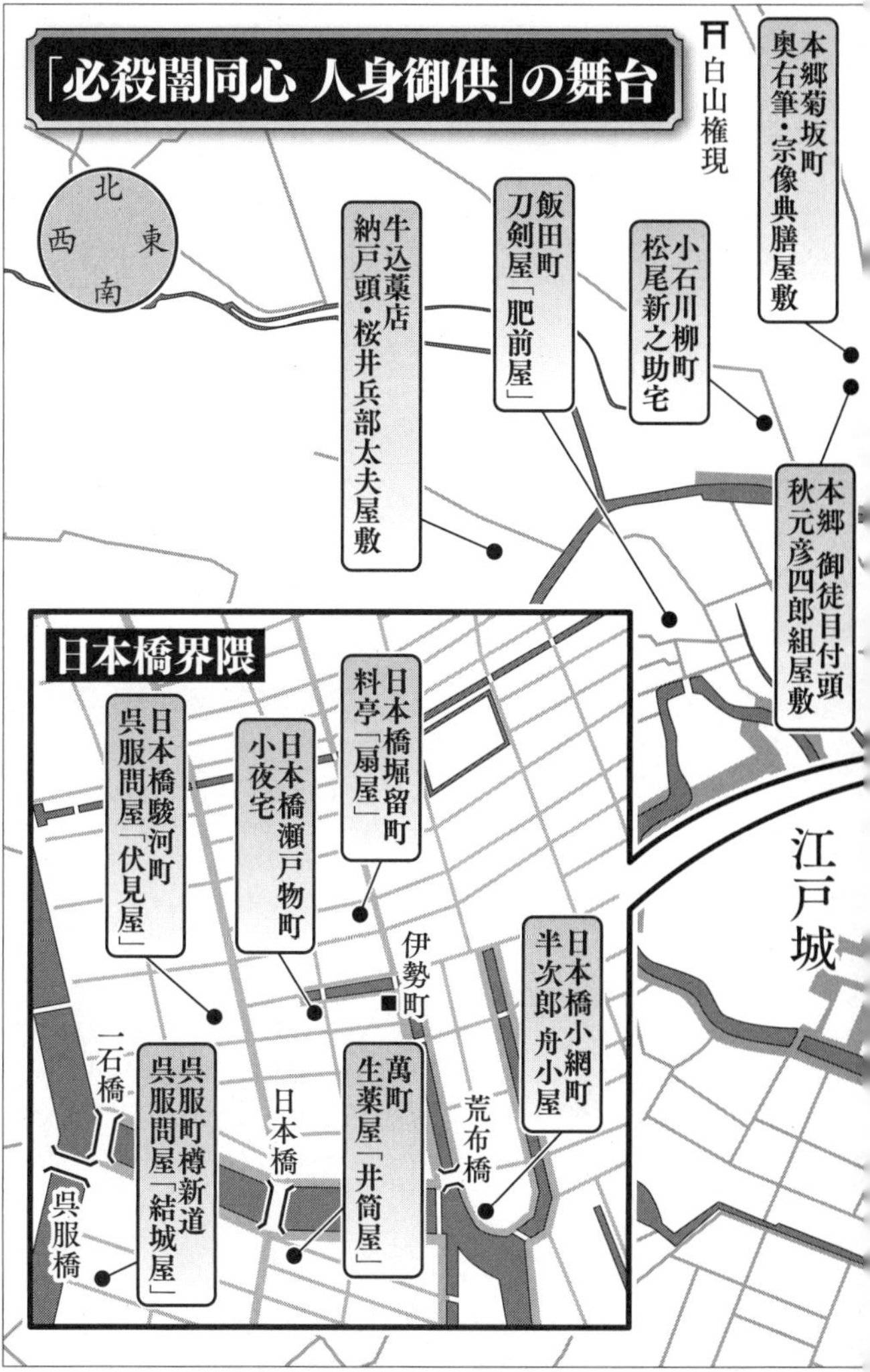
「必殺闇同心 人身御供」の舞台
白山権現
本郷菊坂町
奥右筆・宗像典膳屋敷
北
東
南
西
小石川柳町
松尾新之助宅
飯田町
刀剣屋「肥前屋」
牛込薬店
納戸頭・桜井兵部太夫屋敷
本郷
御徒目付頭
秋元彦四郎組屋敷
日本橋界隈
日本橋堀留町
料亭「扇屋」
日本橋瀬戸物町
小夜宅
日本橋駿河町
呉服問屋「伏見屋」
伊勢町
江戸城
日本橋小網町
半次郎 舟小屋
萬町
生薬屋「井筒屋」
荒布橋
日本橋
一石橋
呉服町樽新道
呉服問屋「結城屋」
呉服橋

地図作成／三潮社

第一章　辻斬《つじぎ》り

1

天保《てんぽう》十三年（一八四二）壬寅《みずのえとら》五月——。

この年の夏は旱天《かんてん》がつづき、武家屋敷や寺社の泉水が枯《か》れて池の魚が死ぬところが多かった。江戸は連日うだるような暑さがつづいている。

暮六《くれむ》ツ（午後六時）ごろになって、灼熱《しゃくねつ》の陽もようやく西の空に沈み、かすかな涼風がそよぎはじめた。

神田鍛冶《かんだかじ》町の通りには、一日の仕事を終えて家路を急ぐ職人や人足《にんそく》、お店者《たなもの》たちがひっきりなしに行き交《か》っている。どの顔も一様に暗く沈んでいるのは、夏の暑さのせいばかりではなかった。老中首座・水野越前守忠邦《みずのえちぜんのかみただくに》が推進する改革政治、いわゆる「天保の改革」が人々の暮らしに暗い影を投げかけていたからである。

奢侈《しやし》（贅沢）禁止令。

物価統制令。

風俗・出版の取り締まり。

等々、昨年（天保十二年）の五月から発布された町触れは、文字通り「法令雨下《ほうれいうか》」の乱発である。

江戸の街には未曾有《みぞう》の不景気風が吹き荒れ、庶民の娯楽《ごらく》である娘義太夫《むすめぎだゆう》や歌舞伎《かぶき》、相撲《すもう》、浮世絵、人情本が禁止または制限され、まさに息のつまるような緊縮耐乏《たいぼう》生活を、江戸市民は余儀《よぎ》なくされていたのである。

往来の人波の中を、一人の大柄な武士がふところ手で歩いていた。齢《とし》のころは三十五、六。月代《さかやき》が薄く伸び、頰《ほお》がこけて、眼が異様にぎらついている。一見浪人態《てい》に見えるが、れっきとした幕臣だった。

小普請組《こぶしんぐみ》、百五十石の御家人・戸梶重三郎《とかじじゅうざぶろう》である。

小普請組とは、幕府の役職につけない三千石以下の幕臣をいい、三千石以上の無役は「寄合《よりあい》」という。

戸梶重三郎は、昨年まで御徒目付組頭《おかちめつけくみがしら》をつとめていたが、酒の席で朋輩《ほうばい》と喧嘩沙汰《けんかざた》を起こしたためにお役御免となり、無役の小普請組に落とされた。

こうした不行跡《ふぎょうせき》や不祥事で免職となった幕臣を「縮尻《しくじり》小普請」という。いわば吏僚《りりょう》組織から脱落した落ちこぼれであり、日々の暮らし向きは浪人者のそれと変わらなかった。

戸梶は何かを探すような眼つきで四辺を見回しながら、鍛冶町二丁目の角を左に曲がった。そこから東西に三間（約五・四メートル）幅の路地がつづいている。路地の両側には荒物屋、染物屋、仕立屋、乾物《かんぶつ》屋などの小店《こだな》が軒《のき》をつらねている。とりわけこの町には鋳掛《いかけ》屋が多い。それが「鍋《なべ》町」の町名の由来になったのであろう。正しくは鍋町西横丁という。

路地には薄い夕闇がただよい、どの店もすでに戸を閉ざしてひっそりと静まり返っている。戸梶は、とある店の前で足をとめた。油障子《しょうじ》戸に『小間物《こまもの》・つくも屋』とある。間口三間ほどの瀟洒《しょうしゃ》な店構えである。その屋号に眼をとめると、戸梶は声もかけずに障子《しょうじ》戸を引き開けて中に入った。

物音を聞きつけて、奥から内儀《ないぎ》らしい女が出てきた。三十一、二の目鼻立ちのととのった美形である。名は、お町《まち》という。

「どちらさまでしょうか」

お町がけげんそうに訊《き》いた。

「亭主《ていしゅ》はいるか」

「いえ、湯屋に行っておりますが」

「そうか。では待たせてもらおう」

いうなり、戸梶はずかずかと部屋に上がり込んだ。お町が戸惑《とまど》うようにあとを追って、

「あ、あの、ご用件は」

「ま、座れ」

命令口調でそういうと、戸梶はどかりと畳《たたみ》に腰を下ろしてお町を見上げた。蛇《へび》のように陰湿で冷やかな眼つきである。お町はまるで金縛《かなしば》りにあったように、いわれるまま戸梶の前に座った。

「これを見ろ」

ぽんと畳の上に投げ出したのは、禁制品の鼈甲《べっこう》の櫛《くし》である。

「二カ月ほど前にわしの知り合いがおまえの店で買ったものだ」

「わたしどもの店で？」

お町がいぶかる眼で訊《き》き返し、

「何かの間違いではないでしょうか。わたしどもの店ではこのような高価な品物は扱っておりませんが」

「ふふふ、こんな物を表で堂々と売りさばいていたらすぐお縄になるからな」

戸梶は鼻でせせら笑った。

「わしの知り合いは闇で買ったといっておる」

「まさか、そんな」

「何なら、この櫛を町奉行所に差し出してもいいんだぜ」

「重ねて申し上げますが、そのような品物を売った覚えはございません。調べていただけばわかるはずです」

「そうか」

戸梶は鼈甲の櫛をふところにしまい、ゆったりと立ち上がった。

「南町奉行所にわしが懇意《こんい》にしている定廻《じょうまわ》り同心《どうしん》がいる。禁令違反の詮議《せんぎ》には、とりわけ手きびしい男だ。知らぬ存ぜぬでは通らんだろうな」

「あ、あの」

「夫婦そろって小伝馬町《こでんま》の牢《ろう》にぶち込まれるか、へたをすれば江戸払いのうえ家《か》作身代《さくしんだい》召し上げになる」

「お侍さま！」

お町がすがるような眼で見て、

「いったい、どうすればよろしいのでしょうか」

「この櫛を十両で買い取ってもらおうか」

「十両で！」

「たった十両で夫婦の首がつながるんだ。安い買い物だろう」

お町は困惑した。

十両は、現代の貨幣《かへい》価値に換算すると百万ちかい大金である。腕のいい大工や左官の収入が一日四百文、十日働いてやっと一両になった時代である。零細《れいさい》な小間物屋にとって十両の金がいかに大金であったか、推《お》して知るべしであろう。

「わかりました」

しばらく逡巡《しゆんじゆん》したあと、お町は意を決するように金箱から虎《とら》の子の十両を取り出して、戸棚に手渡した。

「どうか、これで穏便《おんびん》にお取り計らい下さいまし」

戸梶はその金を無造作《むぞうさ》に受け取ると、眼もとに淫猥《いんわい》な笑みをにじませ、

「金だけでは済まんぞ」

というや、いきなりお町の手を取って引き寄せた。

「な、何をなさいます！」

「行きがけの駄賃《だちん》に楽しませてもらうぜ」

戸梶の眼が野獣のようにぎらついている。必死にその手を振り払おうとするお町を荒々しく抱きすくめて、畳の上に押し倒した。

「お願いです。お、おやめ下さい！」

「静かにしろ」

片手でお町の口をふさぎ、もう一方の手ですばやく帯を解《と》き、引き剝《は》ぐように着物を脱がせる。はだけた胸もとから白い豊満な乳房がこぼれ出た。戸梶はそれをわしづかみにして口にふくみながら、腰の物を剝ぎ取った。下半身がむき出しになる。

凝脂《ぎょうし》の乗り切った女盛りの裸身である。はち切れんばかりの太股《ふともも》。しなやかな下肢《かし》。股間には黒々と秘毛が茂《しげ》っている。意外に剛毛《ごうもう》だ。むっと女が匂い立つ。

戸梶の右手が股の付け根にすべり込んだ。指先が秘毛の奥のはざまに触れる。

「あっ」

と、お町が小さく叫んで身をよじった。戸梶の指が壺《つぼ》に入った。肉襞《にくひだ》がひくひくと波打っている。親指で肉芽《にくが》を愛撫《あいぶ》しながら、人差し指と中指で壺の中をこね回す。じわっと露がにじみ出てくる。

「ふふふ、濡れてきたぞ」

「あ、ああ」

喜悦《きえつ》とも苦悶《くもん》ともつかぬあえぎ声を漏《も》らしながら、お町は弓のように上体をのけぞらせた。両の乳房がゆさゆさと揺《ゆ》れている。戸梶は片手でそれを揉《も》みしだきながら、袴《はかま》の紐《ひも》をほどいてずり下げ、もどかしげに下帯《したおび》をはずした。猛々《たけだけ》しく怒《ど》張《ちょう》した一物がはじけ出る。黒光りした、太く逞《たくま》しい一物である。巨根といってい い。尖端が鎌首《かまくび》のようにそり返っている。

戸梶は、お町の片脚を抱えあげておのれの肩にかけて、股間をのぞき込んだ。薄桃色の切れ込みがぬれぬれと光っている。それを指で押し開き、尖端を二度三度上下にこすりつけて、ぐぐっと押し込む。根元まで深々と入った。

「あっ」

お町が小さな声を発した。戸梶が激しく腰をふる。ずん、ずん、と尖端が壺の奥の肉壁を突きあげる。

「ひいっ」

悲鳴をあげてお町がのけぞる。やがて悲鳴はすすり泣くような喜悦の声に変わっていった。無意識裡《り》にお町も尻をふっている。しびれるような快感が戸梶の背筋に奔《はし》った。

一盗二婢《いっとうにひ》という言葉がある。男にとって一番の快楽は他人の女を盗むこと、二番目は女を買うことだと、その道の達者は説《と》く。お町は人の女房である。まさに他人の女を盗む快感が戸梶を絶頂に駆り立てていた。

「う、うおーッ」

けだもののような咆哮《ほうこう》を発して戸梶は果てた。引き抜いた一物の尖端から白濁した淫汁《いんじゅう》が放出され、お町の白い腹に飛び散った。お町は畳の上に仰臥《ぎょうが》したまま気抜けしたように弛緩《しかん》している。

それを横目に見ながら戸梶は立ち上がり、手早く下帯をつけて袴をはくと、

「久しぶりにいい思いをさせてもらったぜ」

と、捨て台詞《ぜりふ》を残して部屋を出ていった。

夕闇が宵闇《よいやみ》に変わろうとしていた。

昼間の暑さはだいぶやわらいだものの、表にはまだむっとするような暑気がただよっている。戸梶重三郎は鍋町の路地を抜けて、八辻ヶ原《やつじがはら》に足を向けた。正しくはこの原を八《や》ツ小路《こうじ》といい、物の書には「筋違御門《すじかいごもん》内を云《い》ふ。此《こ》の広小路へは八方より入所なり」と、その地名の由来が記されている。

昼間は大道芸人や辻講釈師、薬売りなどが店を張り出して賑《にぎ》わうこの原も、夜ともなると人影がぱたりと途絶えて、怪しげな白首《しろくび》（私娼）が出没する物寂《さび》しい場所に変わる。

戸梶は八辻ケ原を横切って昌平橋《しょうへいばし》を渡り、湯島《ゆしま》横丁に足を向けた。行きつけの小料理屋で酒を飲んで帰るつもりである。

昌平橋の南詰にさしかかったとき、前方の闇に忽然《こつぜん》として人影がわき立った。

長身の侍が橋を渡ってこちらに向かってくる。

戸梶は気にも留めずに歩《ほ》を進めたが、その侍は橋の中央で足を止め、まるで行く手をふさぐかのように戸梶の前に立ちはだかった。

戸梶は不審《ふしん》げに歩を止めて、闇に眼をこらした。

髷《まげ》を小銀杏《こいちょう》に結《ゆ》い、三《み》つ紋《もん》つきの黒の絽羽織《ろばおり》に茶縞《ちゃじま》の着流し、紺足袋《こんたび》に雪駄《せった》ばき、腰に二刀を差している。いわゆる〝八丁堀《はっちょうぼり》風〟といういでたちである。齢のころは三十一、二。やや面長《おもなが》な顔、髭《ひげ》が濃く、鷹《たか》のようにするどい眼つきをしている。南町奉行所《みなみまちぶぎょうしょ》同心・仙波直次郎《せんばなおじろう》である。

「小普請組、戸梶重三郎どのですな」

直次郎が低く誰何《すいか》した。

「わしに何か用か」

「あんたの悪い評判を聞きましてね」

「なに」

「人の弱みにつけ込んで金を脅《おど》し取り、あげくの果ては女房や娘を手込めにする。いくら何でもやり口があくどすぎやしませんか」

「貴様、八丁堀の同心か」

戸梶が軽侮《けいぶ》の眼で見返した。

「見てのとおり」

「わしはれっきとした直参《じきさん》だ。貴様ごとき不浄役人《ふじょうやくにん》にとやかくいわれる筋合《すじあ》いはない。そこをどけ」

直次郎は立ちはだかったまま一歩も動こうとしない。片手でぞろりとあごの不《ぶ》精《しょう》ひげを撫でながら、

「八丁堀というのは表向きの顔でしてね。実はわたし、闇の殺し人なんで」

「な、何だと！」

「あんたの命をもらいにきたんですよ」

「き、貴様！」

叫ぶなり、戸梶は一歩跳《と》びすさって抜刀した。直次郎も腰を落として刀の柄《つか》に手をかけた。心抜流居合斬《しんぬきりゅういあいぎ》りの構えである。

戸梶は刀を中段に構えて直次郎の正面に立った。刀を抜いたからには腕に覚えがあるのだろう。しきりに剣尖《けんせん》を揺らして直次郎を誘い込んでいる。

だが、直次郎は刀の柄に手をかけたまま微動《びどう》だにしない。

剣に後《ご》の先《せん》というのがある。先に敵に打ち込ませておいて、その先を取るという刀法である。直次郎の構えはまさにそれだった。腰を低く落としているのは、相手の動きに自在に即応するための体勢である。

戸梶が足をすって、じりじりと右に回り込む。その動きに合わせて直次郎もわずかに右足《うそく》を引き、半身の構えをとった。両者の間合いはおよそ一間（約一・八

メートル)。どちらかが一歩踏み込めば剣尖が相手に届く距離である。

戸梶の顔にしだいに焦《あせ》りの色が浮かびはじめた。剣に覚えのある者は、構えだけで相手の技量が読める。直次郎の構えには一分の隙《すき》もない。

(手ごわい)

と見たのだろう。打つに打てず、引くに引けない。そんな焦りが顔に表れていた。

互いに相手の動きを探り合いながら、しばらく無言の対峙《たいじ》がつづいた。しびれを切らせて戸梶が先に動いた。足をすりながら左に回り込む……と見せかけて、戸梶はすぐさま体を反転させて逆の右に跳び、拝み打ちの一刀を降り下ろした。

だが……、そこに直次郎の姿はなかった。一寸の見切りで切っ先をかわし、地を這《は》うように戸梶の背後に回り込んだのである。

戸梶の刀が大きく空《くう》を切った。勢いあまって数歩よろめいたところへ、
しゃっ!

直次郎の一閃《いっせん》が飛んできた。背後からの袈裟《けさ》がけである。

背骨を断つ鈍い音とともに、おびただしい血が噴出した。異様によじれた戸梶

の体が橋の欄干《らんかん》に激突し、くるっと一回転して神田川《かんだがわ》に転落した。ざぶん、と水音が立つ。

刀の血ぶりをして鞘《さや》に納めると、直次郎は欄干から身を乗り出して下を見た。暗い川面《かわも》に無数の水泡《すいほう》がわき立っている。やがてその水泡の中にぽっかりと戸梶の斬殺死体が浮かび上がり、ゆらゆらと川下に流れて行った。背中から噴き出した血が尾をひくように川の流れを朱《あけ》に染めている。

「地獄に堕《お》ちやがれ」

ペッと唾《つば》を吐き捨てて、直次郎はゆっくり背を返した。

2

翌朝、辰《たつ》の刻《こく》(午前八時)――

出仕時刻の南町奉行所の中廊下は、ひときわあわただしい。

「おはようございます。おはようございます」

直次郎がぺこぺこ頭を下げながらやってくる。行き交う同心や与力たちは、挨《あい》拶《さつ》も返さずに足早に通りすぎて行く。あからさまな無視である。身分制のきびしい武士社会では、役職の低い者は徹底的に差別される。そんな弊風《へいふう》が奉行所内にもまかり通っていた。

だが、当《とう》の直次郎はまったく意に介《かい》していない。上役の横柄《おうへい》な態度にいちいち腹を立てていたのでは宮仕《みやづか》えはつとまらぬ。とにかく奉行所内に一歩足を踏み入れたら、

――面従腹背《めんじゆうふくはい》を決めこむ。

それが直次郎流の処世術だった。

直次郎は奉行所の花形といわれる定町廻《じようまちまわ》り同心をつとめていたが、昨年の暮れ、奉行の矢部《やべ》駿河守定謙《するがのかみさだのり》が突然罷免《ひめん》され、代わって老中首座・水野忠邦の腹心・鳥居甲斐守耀蔵《とりいかいのかみようぞう》がその座についたとたん、「両御組姓名掛《りようおくみせいめいがかり》」という閑職《かんしよく》に回された。

矢部の一派と見られたのがその理由らしいが、直次郎自身、とくに矢部駿河守の寵遇《ちようぐう》を受けたという憶えはない。早い話、派閥《はばつ》争いのとばっちりを受けたのである。

「両御組姓名掛」という役職は、南北両町奉行所の与力同心の昇進、配転、退《たい》隠《いん》、賞罰、死亡などを名簿に書き加えたり削除したりする職員録の掛かりであ

る。目下《もっか》、直次郎が一人でこの任に当たっていた。

「両御組姓名掛」の用部屋は奉行所の表役所のいちばん奥まったところにある。杉の遣戸《やりど》を引き開けて、その部屋に入ろうとしたとき、

「おい、仙波」

背後から野太い声がかかった。振り向くと、小肥《こぶと》りの初老の男がずかずかと足を踏み鳴らして大股に歩み寄ってきた。古参同心の室田源内《むろたげんない》である。

「あ、室田さま、おはようございます」

丁重《ていちょう》に挨拶をする直次郎に、

「年番方《ねんばんがた》の部屋の障子窓が破れておる。至急《しきゅう》張り替えてくれ」

「はい」

「よいな、至急だぞ」

高圧的にいい捨てて、室田は立ち去った。古参同心たちからこんな雑用を命じられるのも日常茶飯事《さはんじ》である。年番方は役所内の万般《ばんぱん》を取り仕切る与力の部屋、現代でいえば総務部のようなところである。与力二名、その下に六人の同心がついている。

直次郎は納戸《なんど》掛から障子紙と糊《のり》をもらい、年番方の部屋に向かった。二人の与

力はまだ出仕《しゅっし》していない。三人の同心が机に向かって静かに執務していた。

「障子を張り替えにまいりました」

直次郎が声をかけても、同心たちは、

「うむ」

と、うなずいただけで顔を上げようともしない。直次郎は手早く障子を張り替え、

「失礼しました」

そそくさと退出して、自室にもどった。

六畳ほどの薄暗い板敷きの部屋である。左右の板壁に書棚がしつらえてあり、膨大《ぼうだい》な書類や綴《つづ》りが山積みになっている。窓は北側にひとつあるだけだった。

その窓を開け放つと、書棚に積み上げられた書類や綴りを一冊ずつ手に取って、埃《ほこり》をはらい、頁《ページ》を繰《く》って汚れや虫食いを点検する。それが直次郎のおもな仕事だった。

「仙波さん、仙波さん」

低いしゃがれた声とともに遣戸《やりど》を叩く音がした。

直次郎は作業の手を止めて戸を開けた。廊下に初老の小柄な男が立っている。

隣室の例繰方《れいくりかた》同心・米山兵右衛《よねやまひようえ》である。齢は五十二、例繰方一筋に歩いてきた古参同心で、性格は温厚実直、直次郎が心をゆるせる数少ない人物の一人である。

「茶でも飲みませんか」

「はァ」

さそわれるまま、直次郎は兵右衛の用部屋に入った。

直次郎の部屋より四畳ほど広い板敷きの部屋である。この部屋も三方の壁が書棚になっていて、分厚い綴りがぎっしりと積み重ねてあった。そのほとんどは罪《ざい》囚《しゆう》の犯罪の状況や断罪の擬律《ぎりつ》などが記録された御仕置裁許帳《おしおきさいきよちよう》（現代でいう刑事訴訟の判例集）である。これらの書類を作成し、管理する掛かりを「例繰方」という。

兵右衛は大の茶好きである。夏でも部屋の中に小さな火鉢をおき、湯を絶やすことはなかった。鉄瓶《てつびん》がしゅんしゅんと音を立てて湯気を噴き出し、むっとするような暑気がこもっている。兵右衛が鉄瓶の湯を急須《きゆうす》にそそぎながら、

「昨夜、昌平橋にまた辻斬《つじぎ》りが出たそうですよ」

つぶやくようにいった。昨夜の戸梶重三郎殺しの一件である。

「ほう、辻斬りですか」

直次郎はとぼけ顔で訊き返した。戸梶重三郎を殺したのは直次郎だが、辻斬りが横行《おうこう》しているという話は初耳だった。

「この三月《みつき》あまりの間に四人が斬り殺されました。物盗《と》りの仕業《しわざ》ではありません。明らかに辻斬りです」

「殺されたのは町の者ですか」

「一人目は商家の手代《てだい》、二人目は振り売りの行商人《ぎょうしょうにん》、三人目が指《さ》し物《もの》師。昨夜殺されたのは小普請組の戸梶重三郎という男です」

いいながら、兵右衛が淹《い》れたての茶を差し出した。直次郎はその茶をずずっと一口すすって、

「下手人《げしゅにん》は侍ですな」

と、断定的にいった。辻斬りといえば刀の「試し斬り」と相場《そうば》が決まっている。兵右衛も同意するようにうなずき、

「だとすれば、町方はいっさい手が出せません。厄介《やっかい》な事件ですよ、これは」

「結局は殺され損ってことになるでしょうな。その三人は」

「三人？」

「あ、いえ、四人」

あわてていいなおす直次郎に、兵右衛はやり切れぬような面持《おもも》ちで、このまま野放《のばな》しにしておいたらまた新たな犠牲《ぎせい》者が出るだろう、といって深々と嘆息《たんそく》をもらした。

それからしばらく雑談したあと、直次郎は自室にもどって一刻半（三時間）ほど書類や綴りの整理をし、昼食をとるために定刻よりやや早めに外に出た。

奉行所の表門を出て、数寄屋橋《すきや》を渡ったところに小さなめし屋がある。ふだんはその店で昼食をとるのだが、この日は少し足を延ばして山下《やました》町に向かった。

ふところには戸梶殺しの仕事料が三両ある。久しぶりに、

（うなぎでも食って精をつけるか）

と思い、老舗《しにせ》のうなぎ屋『竹之《たけの》屋』ののれんをくぐった。と、そのとき、

「おう」

奥の小座敷で手を上げた者がいた。色の浅黒い精悍《せいかん》な面立ちの侍である。

「やァ、彦四郎《ひこしろう》。久しぶりだな」

直次郎が笑みを浮かべて歩み寄った。かつての道場仲間・秋元《あきもと》彦四郎である。

店の小女《こおんな》にうな丼《どん》を頼んで、小座敷に上がると、

「おぬし、お役替えになったそうだな」

彦四郎がいきなり切り出した。役替えになってすでに半年以上たっているが、どうやら彦四郎は最近になってそのことを知ったらしい。

「新任の鳥居甲斐守さまに睨《にら》まれたようだ。いまは両御組姓名掛をつとめる」

「左遷《させん》ってわけか」

「まァな。おかげでたっぷり昼寝ができる」

冗談とも自嘲《じちよう》ともつかぬ口調で直次郎がいった。彦四郎は憤然とした面持ちで、

「おぬしのような切れ者に冷《ひ》や飯《めし》を食わせるとは、鳥居甲斐守も偏狭《へんきよう》な男だ」

「おい、おい、声が大きいぞ」

と、制して、

「忙しいのか、おぬし」

話題を変えた。彦四郎はせわしなげに丼のめしをかっ込みながら、

「知ってのとおり、柳営《りゆうえい》内にはご政道《せいどう》改革の嵐が吹き荒れている。何をどう改革するのか、わしらにはよくわからんが、とにかく野暮《やぼ》用が増えて本来の仕事には手が回らん」

「いずこも同じだな」

「町奉行所もか」

「ああ、町廻りの与力同心は本来の職務そっちのけで、禁令違反者の取り締まりに血道《ちみち》をあげている」

「まさに本末転倒だな」

「改革、改革のお題目《だいもく》とは裏腹《うらはら》に、世の中は乱れる一方だ。泣きをみるのは江戸の民草《たみくさ》だけさ」

「それで思い出したが」

彦四郎が食べおわった丼を卓の上に置いて、

「市中で辻斬りが横行《おうこう》しているそうだな」

「うむ。おれも先ほど例繰方からその話を聞いたばかりだ。侍の仕業に違いない」

「一度調べてみるか」

秋元彦四郎は、旗本御家人《はたもとごけにん》を監察する公儀目付《こうぎめつけ》の補佐役、すなわち「御徒目付《おかちめつけ》組頭《くみがしら》」をつとめている。昨夜、直次郎に殺された戸梶重三郎は、彦四郎のかつての同僚でもあった。

平素、御徒目付組頭は城内の宿直《とのい》、大名登城時の玄関の取り締まり、評定所、伝奏《でんそう》屋敷、紅葉山《もみじやま》、牢獄への出役《でやく》などを行うが、目付の令を受けて旗本や御家人の非違《ひい》を探索することもあった。二百俵高御譜代《ごふだい》、御台所《おだいどころ》前廊下席の下級旗本で、配下に徒目付五十名がいる。

「このまま放っておいたらまた無辜《むこ》の民が犠牲になる。座視《ざし》するわけにはいかんだろう」

そういうと、彦四郎は冷《さ》めた茶を一気に飲みほし、めし代を卓の上に置いて、

「所用があるので先に失礼する。また会おう」

あわただしく立ち去った。そのうしろ姿を見送りながら、

（変わらんな、あの男も）

直次郎は腹の底でつぶやいた。若いころからずけずけと物をいう硬骨漢《こうこつかん》だったが、三十を過ぎたいまもその性格は少しも変わっていない。士風《しふう》の頽廃《たいはい》いちじるしい昨今、めずらしく気骨《きこつ》のある男だと直次郎は思う。

3

三日後の夜。

仙波直次郎は、柳橋《やなぎばし》の船宿『卯月《うげつ》』に向かっていた。

定町廻りをつとめていたころ三日にあげず通いつめた店だが、両御組姓名掛に配転になってからは見廻り先からの心付け、つまり「役得《やくとく》」がなくなってしまい、すっかり足が遠のいていた。

柳橋は吉原《よしわら》通いの船の発着所として繁栄した場所である。やがて時代とともに船宿そのものが高級貸席となり、富裕な商人や武士たちの遊び場になった。本来、直次郎のような貧乏同心がめったに出入りできるような店ではないのだが、「闇稼業」のおかげで半月に一度ぐらいは通えるようになったのである。

「あら、仙波さま、お久しぶり」

年増《としま》の女将《おかみ》が愛想《あいそ》よく出迎え、直次郎を二階の座敷に案内した。

運ばれてきた酒を手酌《てじゃく》でやっていると、ほどなくあでやかな鶯《うぐいす》色の小紋《こもん》を着た婀娜《あだ》っぽい女がしんなりと入ってきた。なじみの芸者・お艶《えん》である。

「お待ちしてましたよ、旦那《だんな》」

甘えるようにいって、お艶は直次郎のかたわらに腰を下ろした。脂粉《しふん》の甘い香りが直次郎の鼻孔《びこう》をくすぐる。

「しばらく見ねえうちに、また一段といい女になったじゃねえか」

「見えすいたお世辞《せじ》を」

「世辞じゃねえ。本気だ」

「あたしは騙《だま》されませんよ。よそで浮気でもしてたんじゃないですか」

「ほかの女に入れ揚《あ》げる金がありゃ、おめえに逢いにきてるさ」

「ふふふ」

お艶が艶然《えんぜん》と微笑《わら》って、

「嘘《うそ》でもそういってくれると嬉しいわ」

たおやかな手を伸ばして猪口《ちょこ》を取った。

「あたしにも一杯くださいな」

「ああ」

酌《しゃく》をする。それをキュッと飲みほすと、お艶はしどけなく直次郎の肩にしなだれかかり、

「ねえ、旦那。今夜はゆっくりしてってくれるんでしょうねえ」

ささやくようにいって、直次郎の股間に手をすべり込ませた。

「お、おい、いきなりそんな」

「久しぶりに逢ったんだから、好きなようにさせてくださいな」

といいつつ、着物の下前《したまえ》をはらい、下帯の脇から手を入れて一物をつかんだ。

直次郎の体がぴくんと反応する。

「うふッ、やわらかい」

まるでもてあそぶように、お艶はしなやかな指で一物をしごきはじめた。しだいに硬直してくる。お艶の指の動きが速くなる。怒張した一物がひくひくと脈打っている。

直次郎の息づかいが荒い。いつのまにか下帯が解けて一物が飛び出していた。

黒々と艶《つや》をおびた見事な一物である。

ふいにお艶が上体を屈して、屹立《きつりつ》した一物を口にふくんだ。

「うっ」

と、直次郎がのけぞる。すくい上げるような眼で見上げながら、お艶は舌先で一物の尖端をちょろちょろと舐《な》めまわし、ふたたび口にふくむと、それを指でしごきながら口をすぼめて出し入れした。

「い、いかん！」

直次郎がうめき声を発した。炸裂《さくれつ》寸前である。

「だめよ。まだ、だめ」

いいながら、お艶は素早く立ち上がって帯を解き、はらりと着物を脱ぎ捨てた。長襦袢《ながじゆばん》の前がはだけ、白い豊かな乳房があらわになる。扱《しご》きをほどいて、腰の物をはずす。

くびれた腰、肉《しし》づきのいい太股、しなやかな下肢。股間にこんもりと茂る秘毛。

まぶしいほどの裸身である。

「今度は旦那の番」

全裸で立ったまま、お艶がいった。

「わかった。横になれ」

いわれるまま、お艶は畳の上に仰臥《ぎようが》した。

直次郎は行燈《あんどん》を引き寄せてお艶の裸身をまじまじと見た。二十六歳。女盛《おんなざか》りの熟《う》れた体である。両膝《ひざ》を立たせる。右手を股間に差し入れ、恥丘《ちきゆう》を撫で下ろしながら、切れ込みに指を入れる。

「あっ」

お艶が小さな声をあげた。肉襞がかすかにふるえている。指先で内部をやさしく愛撫する。その動きに合わせて肉襞が微妙な波動をくり返す。じんわりと露がにじみ出てくる。

「あ、いい、いい」

あられもなく叫びながら、お艶が身をくねらせる。

直次郎は膝立ちになって、お艶の両脚をおのれの肩にかけた。尻が浮いて切れ込みと菊《きく》の座《ざ》が丸見えになる。一物の尖端を菊の座に当てがった。

「あ、そこはだめ！」

お艶がいやいやをする。菊の座から切れ込みへと尖端をずり上げる。そこはもうしとどに濡れそぼっている。切れ込みに沿って上下に尖端をこすりつける。

「は、はやく入れて！」

お艶が白眼をむきながら催促《さいそく》する。両手で尻を抱えてぐっと腰を入れると、つるんと入った。根元まで挿《さ》し込み、中で「の」の字を描くようにゆっくり腰を回す。それから急激に突き上げる。

「あっ、あっ、あ、あ」

髪をふり乱して、お艶が狂悶《きようもん》する。結合したままお艶の体におおいかぶさり、むさぼるように乳首を吸う。お艶はほとんど半狂乱である。両脚を直次郎の腰にまわし、両手で背中をかきむしりながら、激しく腰をふる。

直次郎の体を電撃のような快感がつらぬいた。

「だ、だめだ！」

「な、中で出して」

必死にしがみつきながら、お艶が叫ぶ。

「うっ」

と、うめいて直次郎が果てた。お艶の内部で熱いものが炸裂した。同時にお艶も極限に達していた。尻の肉がひくひくと痙攣《けいれん》している。

二人は抱き合ったままぐったりと弛緩《しかん》した。二人ともまるで水をかぶったように汗まみれである。息をととのえながら直次郎が体を離そうとすると、

「いや」

といって、お艶が力一杯しがみついてきた。

「離れないで」

直次郎の一物を中に入れたまま、お艶がゆっくり腰をまわす。萎《な》えかけた一物がふたたび回復しはじめた。

半刻（一時間）後――

直次郎は馬喰《ばくろ》町三丁目の路地を歩いていた。馬喰町から浜町《はま》河岸《がし》、箱崎《はこざき》を抜けて八丁堀の組屋敷に帰るつもりである。

夜気が生あたたかい。月に薄雲がかかっている。

路地を半丁（約五十メートル）ほど行くと、前方の闇に黒々と茂る樹林が見えた。初音《はつね》の馬場《ばば》である。この馬場は江戸に数ある馬場の中でもっとも古く、慶《けい》長《ちょう》五年（一六〇〇）の関《せき》ヶ原《はら》出陣のさい、徳川《とくがわ》勢はここで馬揃《うまぞろ》えをしたという。往時《おうじ》はこの界隈《かいわい》に多くの馬喰《ばくろう》たちが住んでいた。それが町名の由来である。

馬場の東はずれにさしかかったとき、突然、闇の奥で男の悲鳴《ひめい》が聞こえた。

直次郎は反射的に走り出していた。

木立《こだち》の奥に黒影がよぎるのを見て、直次郎はとっさに林の中に駆け込んだ。樹間の雑草を踏みわけて四、五間（約七・二～九メートル）走ったところで、

（あっ）

と足を止めて灌木《かんぼく》の陰に眼をやった。職人ふうの男が血まみれで倒れている。よく見ると、男の首は白い喉骨《のどぼね》が見えるほどざっくり切り裂かれていた。得物《えもの》は刀、それもかなりの利刀《りとう》であることは一目瞭然《いちもくりょうぜん》だった。

直次郎は身をひるがえして影のあとを追った。

馬場を横切り、北側の林の中に飛び込んだときである。

ふいに木立の陰から四つの黒影がわき立った。一人は微行頭巾《しのびずきん》をかぶった恰幅《かっぷく》のよい武士、その両脇に黒布で面をおおった屈強の侍が三人立ちはだかっている。

「貴様ら、辻斬り一味か」

直次郎が声をかけると、微行頭巾の武士が低い声で、

「面倒だ。斬れ」

と、二人の侍に下知《げち》した。一人は微行頭巾の武士を警護するように立つ。

二人が抜刀して同時に斬りかかってきた。直次郎は横に跳んで一人の切っ先をかわし、刀の柄《つか》を逆手《さかて》に持って抜き放つなり、もう一人の刀刃を下からはね上げた。

きーん！

鎟然《そうぜん》と鋼《はがね》の音がひびき、火花が散る。

思いのほか二人の侍は手練《てだれ》だった。膂力《りょりょく》も強く、太刀行《たちゆ》きも速い。

斬りむすびながら、直次郎は二人の侍の動きを注視した。実戦で勝敗の帰趨《きすう》を決するのは、剣の技量もさることながら、いかに速く敵の弱点、あるいは死角を見抜くかである。数合打ち合ううちに直次郎は両者のそれを見抜いた。

二人の打太刀《うちだち》（攻撃）が常に上段からの〝斬り下ろし〟であることに気づいたのである。この刀法は腕の遠心力《えんしん》によって速さと破壊力を生むが、次の斬撃《ざんげき》に移るために、ふたたび刀を振りかぶらなければならない。そこにわずかな隙ができる。

直次郎はその隙を衝《つ》いて敵の胴をねらった。

振り下ろされた刀をかいくぐって斜め下から薙《な》ぎ上げる。必殺の逆胴《さかどう》斬りである。二人の侍はかろうじてかわしたものの、明らかに浮足立ってきた。

攻守逆転、直次郎がぐいぐい押し込んでゆく。

と、そのとき、微行頭巾の武士の護衛に立っていた侍が、いきなり棒のような物を突き出してきた。とっさに直次郎は数歩跳び下がった。

棒と見えたのは手槍《てやり》だった。

手槍というのは、江戸時代中期以降に普及した屋内用の武器である。通常の槍は柄《え》が六尺（約百八十センチ）以上あるが、手槍はその半分の三尺（約九十センチ）あまり。片刃つきなので、刺突《しとつ》のほかに斬撃にも使える。

ひゅっ。

手槍の穂先《ほさき》が直次郎の鼻面《はなづら》をよぎった。大きくのけぞったところへ、二の槍、三の槍が飛んでくる。さすがの直次郎もかわすのがやっとだった。

手槍の侍を間にはさんで二人の侍が左右から斬りつけてきた。手槍の波状攻撃と左右からの挟撃《きょうげき》に直次郎は防戦一方、必死にかわしながら、隙を見て一目散《いちもくさん》に逃げ出した。

「待て」

三人の侍がすかさず追おうとすると、

「深追いするな」

微行頭巾の武士が制止した。

「人目につくとまずい。行くぞ」

「はっ」

四人は足早に雑木林の奥の闇に消えていった。

小半刻（約三十分）後。

四人の侍は神田小川町《おがわまち》の旗本屋敷の奥書院で酒を酌《く》み交わしていた。

刀の鞘をはらって青々と光る刀身に見入っているのは、五十がらみの武士。千五百石小普請組支配の旗本・坂崎勘解由《さかざきかげゆ》である。

その前で酒杯をかたむけているのは、坂崎家の給人《きゅうにん》・古垣徳之助《ふるがきとくのすけ》、赤座伝七郎《あかざでんしちろう》、矢頭源十郎《やがしらげんじゅうろう》。——坂崎に扈従《こじゅう》していた黒覆面の侍である。

「ふふふ、さすがは備前長船《びぜんおさふね》。見事な切れ味だ。そちたちもとくと見るがよい」

坂崎が刀を差し出すと、古垣がうやうやしく受け取って、

「沸《にえ》、刃文《はもん》、匂い、どれをとっても非の打ちどころがございませんな」

「鍛《きた》えも見事。刃こぼれ一つござらん」

「これほどの業物《わざもの》はめったに手に入りますまい。末代《まつだい》までの家宝になりましょう」

赤座と矢頭も手放しでほめそやす。

刀を受け取り、坂崎はふたたびまじまじと刀身に見入った。

「兵は不祥《ふしょう》の器《き》なり、と老子《ろうし》も申している。どれほど美装をこらしても、しょせ

ん刀は人殺しの道具だ。飾っておくだけでは何の価値もない。人を斬ってはじめてその価値が計れるというものだ」

つぶやきながら、刀を鞘に納めてゆったりと立ち上がり、隣室の襖《ふすま》を引き開けた。

部屋の奥にずらりと刀掛《かたなか》けが並んでいる。

鹿の角や紫檀《したん》、黒檀《こくたん》で造られたその刀掛けには、見る者が見れば一目でそれとわかる名刀が十数振り掛けられている。坂崎はその前にどかりと腰をすえると、一振り一振りを愛《め》でるように見やった。まるで何かに取り憑《つ》かれたような陶然《とうぜん》とした眼つきである。

「それにしても」

と、古垣が苦々しげにいう。

「あれは我らの失態でございました」

「何のことだ」

「先ほどの町方同心、みすみす取り逃がしてしまい面目《めんもく》もございませぬ」

「気にするな。顔を見られたわけではない」

「しかし、今後に禍根《かこん》を残さぬためにもあやつの素性《すじよう》を調べておいたほうがよいかと」

「町奉行所には南北合わせて二百四十名の同心がいる。それをいちいち調べるのは容易《ようい》ではあるまい」

「手だてはございます」

矢頭がいった。

「やつの刀法は心抜流居合術。それを手がかりに探せば必ず」

「見つかるか」

「は」

「だがのう、矢頭」

坂崎が自席にもどって腰を下ろし、

「あやつは我らの動きを探っていたわけではない。ただの通りすがりだ。へたに藪《やぶ》を突ついて蛇でも出てこようものなら却《かえ》って面倒なことになる。それに……」

と膳部の酒杯を取って、ぐびりと一口飲みながら、

「相手はたかが不浄役人だ。そちたちがまなじりを決するほどの相手ではない。捨ておけ」

「ははっ」

三人が畏懼《いく》するように頭を下げた。

「今宵《こよい》はご苦労だった。ゆるりと飲んでくれ」

満足げな笑みを浮かべながら、坂崎が一人ひとりに酒をつぐ。

古垣、矢頭、赤座の三人は、数多《あまた》の旗本陪臣《ばいしん》の中でも十指に入る武芸の達者で、他家からは「勘解由の三羽烏《さんばがらす》」とよばれていた。わけても手槍の名手・古垣徳之助は、坂崎がもっとも寵愛《ちようあい》する家臣だった。

しばらく酒の献酬《けんしゆう》がつづいたあと、ほろ酔い機嫌《きげん》の坂崎が朗々《ろうろう》と謡《うた》いはじめた。

〽諸人《もろびと》に　御酒《みき》をすすめて　盃を
とりどりなれや梓弓《あずさゆみ》　やたけ心のひとつなる
武士《もののふ》の交《まじ》わり　たのみあるなかの　酒宴かな

謡曲《ようきよく》『羅生門《らしようもん》』の一節である。

4

「例の辻斬りの件ですがね」

歩きながら、直次郎がいった。米山兵右衛が並んで歩いている。

奉行所からの帰りである。

「やはり侍の仕業でしたよ」

「やはり、というと？」

兵右衛がけげんそうに見上げた。身の丈《たけ》五尺一寸（約百五十四センチ）の小柄な兵右衛から見ると、直次郎は雲突《くもつ》くような大男である。

「先夜、偶然辻斬りの現場に出会《でくわ》してしまったんです」

「ほう」

「一味は四人。かなりの手練《てだれ》でした。危うく斬られるところでしたよ」

「どんな侍でした？」

「一人は微行頭巾をかぶっていました。ほかの三人は黒覆面を」

「旗本ですか」

「おそらく。……五百石以上の旗本でしょう」

旗本は有事《ゆうじ》のさいに家来をひきいて将軍の本営を固める役割をになっている。

このため幕府は家禄《かろく》に応じて動員人数を定めていた。これを軍役《ぐんやく》という。

三百石の旗本は侍二人、総数十人。五百石は侍三人、総数十五人。千石級は侍五人、総数二十三人の軍役が課せられていた。微行頭巾の武士が三人の侍を連れていたことから推測すると、少なくとも五百石以上の旗本ということになる。

「やれやれ、旗本衆が見境《みさかい》もなく町の者を斬り殺すとは、世も末《すえ》ですな」

兵右衛が嘆息をついて、

「仙波さん、気散《きさん》じにそのへんで一杯やって行きませんか」

といった。

「せっかくですが、ちょっと薬屋に立ち寄りますので」

「薬屋？」

「ええ、家内の心《しん》ノ臓《ぞう》の薬を」

直次郎の妻・菊乃《きくの》は、六年前に心ノ臓の発作で倒れ、生死の境《さかい》をさまよったことがある。さいわい一命はとりとめたものの、それ以来、寝たり起きたりの日々を送っていた。

病名は「心ノ癪《しやく》」、いまでいう心筋梗塞《しんきんこうそく》である。この病に効能があるとされていたのが、日本橋《にほんばし》萬町《よろずちょう》の生薬屋《きぐすりや》『井筒屋《いづつや》』の秘伝の薬「浄心散《じょうしんさん》」だった。十包で一分（一両の四分の一）もする高価な薬だが、それを服用すると「心ノ癪」はたちどころにやわらいだ。まさに菊乃はその薬で命をつないでいるのである。

「奥さん、具合《ぐあい》が悪いんですか」

「ええ、昨夜も軽い発作を起こしましてね」

「それは心配ですな。どうぞお大事に」

「ありがとうございます」

「では」

と、二人は比丘尼《びくに》橋の北詰で別れた。

日本橋萬町の『井筒屋』で「浄心散」を一月分《ひとつき》(三十包)買い、青物《あおもの》町の路地を抜けて紅葉《もみじ》川の河岸《かし》通りに出たところで、ふいに背後から、

「旦那」

と声をかけられた。ふり向いて見ると、大きな台箱を背中にかついだ、若い女髪結《かみゆ》いが足早に歩み寄ってきた。〝女殺し人〟の小夜《さよ》である。

「おう、小夜か」

「ちょうどいいところで逢った。旦那、三両ばかり貸してもらえませんか」

「あいにくだが、今日は手元不如意《てもとふにょい》でな」

「今日も、でしょ?」

「ちっ。あいかわらず口のへらねえ女だな」

苦笑しながら、ふところから小粒（一分金）をつまみ出し、

「手持ちの金は女房の薬代に消えた。残りはこれしかねえ」

「なんだ、たった一分か」

「だいたい、おれに銭の相談をするほうが無理なんだ」

「そのようだね」

小夜はくすっと笑って、

「じゃ、ほかを当たってみるわ」

と歩度を速めた。直次郎はあわててあとを追い、

「おい、ちょっと待て。その三両、何に使うつもりだ？」

「人助け」

「人助け？　てえと」

小夜がふと足を止めて、

「こんなところで立ち話も何だから、ところてんでも食べない？」

と前方に眼をやった。川端の柳の木の下にところてん売りの屋台が出ている。

二人は屋台の床几《しょうぎ》に腰を下ろしてところてんを注文した。

この時代のところてんの食べ方は、酢醤油《すじょうゆ》をかけたり、七色唐辛子で辛味をつ

けたりするのが一般的だったが、女子供はきな粉や砂糖をかけて食べた。小夜が注文したのもきな粉砂糖のところてんである。

「で、その人助けってのは？」

直次郎にうながされて、小夜がぽつりぽつりと語りはじめた。

三日前の夜――

小夜は本所竪川《ほんじょたてかわ》の河岸通りを歩いていた。相生町《あいおい》五丁目の伽羅《きゃら》の油屋《あぶらや》『玉野《たまの》屋』の内儀の髪を結っての帰りだった。時刻は六ツ半（午後七時）ごろ。いつもより半刻（一時間）ほど遅くなったのは、『玉野屋』で夕飯を馳走《ちそう》になったためである。

本所相生町は盛り場から離れているせいか、夜が早い。河岸通りに軒をつらねる商家や小家《こいえ》は、ほとんどがすでに戸を閉ざし、往来の人影も途絶えていた。

竪川に架かる二《ふた》ツ目《めの》橋の北詰にさしかかったときである。突然、右手の路地から女がころがるように飛び出してきた。白塗りの若い女、それも長襦袢《ながじゅばん》一枚というあられもない姿である。びっくりして小夜が足を止めると、

「た、助けてください！」

女がいきなりしがみついてきた。

そのとき小夜の耳に入り乱れた足音が聴こえてきた。

(誰かに追われている)

直感的にそう思い、小夜は女の手を取ってかたわらの天水桶《てんすいおけ》の陰に押し込んだ。と同時に、路地角から三つの影が脱兎《だっと》の勢いで飛び出してきた。いずれも凶悍《きょうかん》な面がまえのやくざ風の男たちである。一人が足を止めてじろりと小夜を一瞥《いちべつ》し、

「おい、女を見なかったか」

居丈高《いたけだか》に訊いた。

「二ツ目橋を渡って行きましたよ」

小夜が指を差すと、三人は猛然と二ツ目橋のほうへ走り去った。

「さ、もう大丈夫。出てらっしゃい」

天水桶の陰からおそるおそる女が姿を現した。よく見ると面立《おもだ》ちに幼さを残した純朴《じゅんぼく》そうな娘である。齢は十七、八か。厚塗りの化粧と緋色《ひいろ》の長襦袢が妙に痛々しい。

「この近くにあたしの知り合いがいるから」

といって、小夜は娘をうながした。

二人が向かった先は闇稼業仲間の万蔵《まんぞう》の家だった。

万蔵は南本所《みなみほんじょ》の番場《ばんば》町で小さな古着屋を営んでいる。といっても生業《なりわい》ではない。世間をたばかるための隠れ蓑《みの》である。実際、万蔵の店であつかっている古着は粗悪なものばかりで、ほとんど商売にはならなかった。本業はあくまでも「闇の殺し人」なのだ。

土井能登守《どいのとのかみ》の下屋敷の北はずれを左に曲がると、半丁ほど先に万蔵の店があった。

腰高《こしだか》障子にほんのり明かりがにじんでいる。

「万蔵さん」

戸口に立って小夜が中に声をかけると、戸障子に影がさして、

「お小夜さんかい？」

低い、くぐもった声が返ってきた。

「ええ」

と応えると、心張棒《しんばりぼう》をはずす音がして腰高障子ががらりと開き、四十がらみの男が顔を出した。万蔵である。禿《は》げ上がった額、もっこりと横に広がった団子《だんご》

鼻《ばな》、唇《くちびる》が分厚《ぶあつ》く、狒々《ひひ》のような顔をしている。

「どうしたんだい？　こんな時分《じぶん》に」

「この娘さん、追われてるんです」

小夜が背後に立っている娘にちらりと眼をやった。万蔵はすぐに事態《じたい》を察して、

「わかった。さ、入《へえ》んな」

と二人を中へうながした。

うずたかく積まれた古着の山の奥に、六畳ほどの部屋があった。男所帯にしては小ぎれいに片づいている。万蔵が茶を淹れて二人に差し出した。それを飲みながら、小夜は横に座っている娘に笑《え》みを投げかけながら、

「どう、少しは落ちついた？」

娘が顔を伏せたままこくりとうなずく。

「あなたの名は？」

「るいと申します」

「よかったら、くわしい事情《わけ》を話してくれない？」

おるいは一瞬ためらうように視線を泳がせ、

「わたし、騙《だま》されたんです」

蚊《か》の鳴くような声でぽつりと応えた。

「誰に?」

「女衒《ぜげん》です」

女衒とは、女を遊女屋に売ることを業とした非合法の人買いのことである。

おるいは上州《じようしゆう》嬬恋村《つまごい》の貧しい百姓《ひやくしよう》の一人娘だった。五年前に母親を病で亡くし、以来、父親と二人で猫の額ほどの小さな畑にへばりつくようにして生きてきたが、その父親も肝《かん》ノ臓をわずらって十日前にこの世を去った。

途方《とほう》に暮れるおるいの前に姿を現したのは、卯吉《うきち》と名乗る薬売りの行商人だった。

——若い娘に畑仕事は無理だ。江戸に行けば楽な仕事がいくらでもある。わたしがいい店を紹介しよう。

おためごかしの卯吉の言葉を信じて、おるいは郷里《くに》を出る決意をした。

江戸に着いたのは一昨日《おととい》である。その夜は馬喰町の旅籠《はたご》に泊まり、きのうの夕刻、本所回向院《えこういん》裏の娼家に連れて行かれた。むろん、そこがどんな場所かおるいは知る由《よし》もなかった。卯吉からは木賃《きちん》宿だと聞かされていたのだが……、

「騙されたと知ったのはいつ？」

小夜が訊いた。

「今夜です」

客を取らされて、はじめて騙されたことに気づいたのである。そのあとのことは、おるいも正確に憶《おぼ》えていない。気がついたら長襦袢姿のまま娼家の裏窓から飛び出していた。無我夢中で路地を走っているうちに小夜と出会ったのである。

黙って話を聞いていた万蔵が、ずずっと茶をすすり上げて、

「あんた、ほかに身寄りはいねえのかい」

ぼそりと訊いた。

「小田原《おだわら》に母方の叔父《おじ》がいます」

「その叔父さんの家に身を寄せるわけにはいかないの？」

「事情を話せば置いてくれると思います。でも」

といって、おるいは困惑げに眼を伏せた。小夜にはすぐに察しがついた。江戸から小田原までは二十里二十丁（約八十・七キロ）の行程である。少なく見積もっても三両の路銀《ろぎん》がいる。おるいはその金の心配をしているのである。

5

「なるほど、人助けってのはそのことか」

ところてんをすすりながら、直次郎が深々とうなずいた。

「おるいさん、まだ十八なんですよ。あたしが江戸に出てきたのもちょうど十八。他人事《ひとごと》とは思えなくてさ」

「で、その娘、どこにいるんだい？」

「あたしの家。金策のめどがつくまでしばらく置いとくつもりです」

「万蔵はどうなんだ」

「どうって？」

「三両や四両の金は持ってるんじゃねえのか」

「わかってないねえ。旦那も」

小夜が苦笑した。

「そんなお金がありゃ、博奕場《ばくちば》にすっ飛んでますよ」

「あいつ、まだ博奕なんかに手を出してるのか」

「一生治らないわね。あの病は」

「悪い病だ」

「旦那の女ぐせと同じ」

「なに」

「ううん。なんでもない、なんでもない」

からかうように手を振って立ち上がり、

「これ、ご馳走になりますよ」

と髪結い道具の台箱を背負《せお》い、小夜は足早に立ち去った。人混みに消えてゆく小夜のうしろ姿を見送りながら、

「気のいい女だ」

直次郎はふっと笑みを洩《も》らした。


小夜の家は日本橋浮世《うきよ》小路の奥の瀬戸物《せともの》町にあった。

以前は瀬戸物売りの小商人《こあきんど》が住んでいた古い小さな一軒家である。

玄関の引き戸を開けて中に入ると、

「お帰りなさい」

奥からおるいが出てきた。万蔵からもらった地味な古着を身につけている。ほとんど化粧もしていない。三日前のおるいとはまるで別人のように清楚《せいそ》な娘に変貌《へんぼう》していた。

小夜は上がり框《がまち》に台箱を下ろして部屋に上がった。

「お腹《なか》すいたでしょ。すぐ夕飯の支度《したく》をするから」

「あ、あの、あたしが用意しておきましたけど」

奥の部屋に夕餉《ゆうげ》の膳がしつらえてある。

「これ、おるいさんが作ったの」

「お口に合うかどうかわかりませんけど」

二つ並んだ箱膳の上には、炊き立てのめしと味噌汁《みそしる》、野菜の煮つけ、香《こう》の物などがのっている。質素だが心のこもった手料理である。

「そう。じゃさっそくいただきましょう」

二人は膳に向かい合って、夕飯を食べはじめた。

「あ、そう、そう」

おるいが思い出したように箸《はし》を持つ手を止めて、

「先ほど男の人が訪ねてきました」

「仕事の話だそうです」

「半次郎《はんじろう》という人です。仕事の話だそうです」

「男の人？」

「そう」

小夜の眼がきらりと光った。

半次郎は「闇の仕事」の連絡役《つなぎ》である。わざわざ訪ねてきたところをみると、急ぎの仕事が入ったに違いない。この一カ月あまり半次郎からはさっぱり音沙汰《おとさた》がなかった。久しぶりの仕事である。小夜にとってはまさに渡りに船だった。

食事を終えると、小夜は押し入れから小さな風呂敷包みを取り出し、

「ちょっと出かけてくるわ。遅くなるかもしれないから、先に寝《やす》んでていいわよ」

と、いいおいて家を出た。むろん、おるいは仕事の内容を知らない。髪結いの仕事だと思っているのだろう。お気をつけて、といって小夜を送りだした。

小夜が向かったのは、日本橋小網町《こあみ》だった。

荒布橋《あらめ》を渡って右に曲がると、日本橋川の北岸に出る。河岸通りをさらに下流に向かって一丁（約百九メートル）も行くと、川岸にへばりつくように掘っ建《た》て小屋が立っていた。その小屋が半次郎の住まいである。

小屋の前には丸太組みの桟橋《さんばし》があり、杭《くい》に一艘《そう》の猪牙舟《ちょきぶね》がもやっていた。その舟の船頭というのが半次郎の表向きの顔である。

土手《どて》の石段を下りて小屋の戸口に歩み寄り、

「半次郎さん」

と声をかけると、きしみ音を立てて板戸が開き、中から男が顔を出した。

連絡役の半次郎である。齢は二十五。彫《ほ》りの深い精悍な面立ちをしているが、どことなく暗い翳《かげ》りをただよわせた青年である。

「どうぞ」

半次郎が中にうながした。まったくの無表情である。

小屋の中は四坪ほどの土間になっている。入ってすぐ右の壁ぎわに石を積み重ねて造った竈《へっつい》があり、奥には人ひとりが横になれるほどの板敷きがあった。

小夜はかたわらの空《あ》き樽《だる》に腰を下ろすと、茶を淹れようとする半次郎に、

「おかまいなく。それより仕事の話を」

と、せっつくようにいった。

「獲物は、神田三河《みかわ》町の醤油《しょうゆ》問屋『升出《ますだ》屋』の後妻・お浜《はま》です」

抑揚《よくよう》のない低い声で、半次郎が応えた。

半次郎の話によると、お浜は『升田屋』の下働きをしていた女で、五年前に先妻のお栄《えい》が病死したあと、あるじの嘉兵衛《かへえ》に請《こ》われて後添《のちぞ》えになったという。

嘉兵衛と先妻のお栄との間には八歳の女の子と六歳の男の子がいたが、一月ほど前にその二人が立てつづけに事故死した。長女は寺子屋《てらこや》の帰りに掘割《ほりわり》に落ちて溺死《できし》、長男は裏庭の柿《かき》の木から転落して即死したそうだが……、
奇妙なことに、いずれの場合も真っ先に事故現場に駆けつけたのは、お浜だった。そのときのお浜の様子が、いかにも不自然だったと証言する者もいる。

「つまり」

小夜が探るような眼で半次郎の顔を見た。

「後妻のお浜が二人の子を殺したと？」

「ほぼ間違いありません」

あいかわらず抑揚のない低い声だが、しかし確信ありげに半次郎はそういい切った。

生《な》さぬ仲の二人の子を、お浜が日常的に虐待《ぎやくたい》していたという事実も半次郎はつかんでいる。

後妻のお浜と嘉兵衛の間には、今年四歳になる男の子がいる。血のつながらな

い二人の子が死んでくれれば、将来はその子が『升田屋』の跡継《あとつ》ぎになる。それが二人の子殺しの動機だと半次郎は断言した。

「仕事料は三両。受けてもらえますか」

「いつ殺《や》るの？」

「今夜です」

「それはまた急だこと」

「お浜は十日に一度、今川橋《いまがわ》の常磐津《ときわず》の師匠・左文字京弥《さもんじきょうや》の家に稽古《けいこ》に通っています。今夜がその日です」

今夜をはずすと「殺し」の機会は十日後になる。できれば今夜中に殺《や》って欲しい、と半次郎はいった。

「わかりました。その仕事受けましょう」

「着替えはここでどうぞ」

半次郎が気を利《き》かせて小屋を出ていった。板戸が閉まると同時に、小夜は風呂敷包みを広げて、中から黒の半纏《はんてん》と黒の股引《ももひ》きを取り出し、手早く着替えた。

神田今川橋——昔はここに掘割が流れていたが、いまはほとんどが埋め立てられ、細い溝《どぶ》（神田堀という）になっている。

常磐津の師匠・左文字京弥の家は、今川橋の北詰に位置する元乗物町《もとのりものちょう》にあった。

粋《いき》な黒板塀で囲われた二階家である。その黒板塀に沿って、音もなく黒影がよぎった。

黒装束の小夜である。

半次郎の話によると、一階が稽古場と弟子たちの部屋になっていて、二階が師匠・京弥の住まいになっているという。

二階の障子窓が白く光っている。京弥とお浜はその部屋にいるようだが、三味《しゃみ》線《せん》の音も常磐津の声も聞こえてこない。

（お楽しみ中ってわけか）

見上げる小夜の眼もとに皮肉な笑みがにじんだ。お浜が十日に一度、京弥の家に通ってくるのは、常磐津の稽古ではなく、情事が目的だったのである。

小夜が軽く膝を屈伸《くっしん》させて地を蹴《け》った。次の瞬間、小夜は二階の出窓の欄干に立っていた。なんと七尺（約二メートル）あまりの高さを一瞬裡に跳んだのである。

この恐るべき跳躍《ちょうやく》法は、かつて小夜が軽業《かるわざ》一座にいたとき、親方から仕込まれた「蓮飛《れんとび》」という技だった。蓮飛とは、奈良《なら》朝時代に中国から伝来した散楽雑戯《さんがくざつぎ》の一種である。

物の書に「軽業は蓮《はす》の実より事起これり」とあるように、演者が飛び跳ねるさまは、さながら蓮の実が飛ぶようだったという。それがこの曲飛びの名の由来になった。

出窓の障子がわずかに開いている。

その隙間から小夜は部屋の中の様子をのぞき見た。

枕行燈《まくらあんどん》のほのかな明かりの中で、全裸の男女が妖《あや》しげにからみ合っている。

男は常磐津の師匠・左文字京弥、女は『升田屋』のお浜である。

華奢《きゃしゃ》な体つきの京弥が、やや肥《ふと》り肉《じし》のお浜をねじ伏せるようにして責め立てている。

「あっ、あ、師匠、いい、いい」

絶え入るような声を発しながら、お浜が体をくねらせる。齢のころは二十七、八か。脂の乗り切った豊満な体である。乳房もおどろくほど大きい。京弥が突き上げるたびに、両の乳房がゆさゆさと揺れる。

ふいに京弥が一物を引き抜いて体を離した。

「あっ」

と、お浜が小さく叫ぶ。

「お内儀《かみ》さん、うつ伏せになって」

京弥がいった。女のように細い声である。いわれるまま、お浜は体を横転させてうつ伏せになった。京弥が腰に手を回して両膝を立たせる。四《よ》つん這《ば》いの恰好《かっこう》になった。

「そう。それでいい」

いうなり、怒張した一物を指でしごき、うしろからずぶりと突き差した。

「あーッ」

悲鳴のような声を上げて、お浜がのけぞる。京弥の腰が激しく律動《りつどう》する。

荒い息づかい。飛び散る汗。肉と肉のせめぎ合い。部屋中にむせ返るような淫《いん》臭《しゅう》が立ち込める。

「は、果てる!」

わめきながら京弥が一物を引き抜いた。同時に白い泡沫がお浜の背中に飛び散った。

お浜の太股がひくひくと痙攣《けいれん》している。

息をととのえながら、京弥がお浜の顔をのぞき込んで、

「お内儀さん、一杯やりますか」

ささやくようにいった。お浜がこくりとうなずく。

「では、支度をしてきます」

京弥は裸の上に手早く寝衣をまとい、部屋を出ていった。お浜はうつ伏せになったままぐったりと弛緩している。

と……、
出窓の障子が音もなく開いて、小夜がひらりと入ってきた。

気配に気づいて、お浜がけげんそうに振り向いた瞬間、枕行燈の明かりにきらりと銀光が奔《はし》った。小夜が髪に差した平打《ひらう》ちの銀のかんざしを引き抜いたのである。

「だ、誰！」

それがお浜の最期の声だった。振り下ろされたかんざしの尖端が、お浜の盆《ぼん》の窪《くぼ》をつらぬいていた。泣きも叫びもせず、お浜はこと切れた。

かんざしを引き抜く。お浜のうなじにすーっと一筋、糸を引くように血が流れ

た。

枕辺に脱ぎ捨てられたお浜の着物でかんざしの血を拭き取ると、小夜は身をひるがえして出窓の外に消えた。その間、わずか寸秒。手練《しゅれん》の殺し技である。

第二章　お番入り

1

ぎらぎらと夏の陽差《ひざ》しが照りつける往還《おうかん》を、塗笠《ぬりがさ》をかぶった男が大股《おおまた》に歩いて行く。

御徒目付組頭《おかちめつけくみがしら》・秋元彦四郎である。

この半月あまり、江戸には一滴の雨も降っていない。道がからからに乾き、歩を踏み出すたびに足元から白茶《しらちゃ》けた土ほこりが舞い上がる。

飯田川《いいだ》に架かる俎《まないた》橋をわたり九段坂《くだんざか》のほうに足を向けた。

飯田町の刀剣屋『肥前屋《ひぜん》』を訪ねるつもりであった。

先日、山下町のうなぎ屋で仙波直次郎に会ってから、彦四郎は毎日のように市中の刀剣屋や武具屋、古物商などを訪ね歩いていた。刀の入手先から辻斬りの下《げ》手人《しゅにん》を割り出そうと考えたからである。

だが、連日の聞き込みにもかかわらず、下手人につながる有力な手がかりは得られなかった。この日もすでに四軒の店を回ったが、やはり収穫はなかった。

暑さと徒労《とろう》感で、足取りは重い。

旗本水野監物《みずのけんもつ》の屋敷の角を右に折れたところで、彦四郎は、

（おや）

と足を止めて前方を見やった。痩身《そうしん》の武士がうつむき加減《かげん》でとぼとぼとやってくる。見覚えのある顔だった。武士は彦四郎の姿に気づいていない。

すれ違いざまに思い出した。

「新之助《しんのすけ》ではないか」

突然声をかけられて、武士はおどろいたように足を止めた。

「おれだ。秋元だ」

彦四郎が塗笠をはずすと、武士はとたんに破顔《はがん》して、

「彦四郎か。久しぶりだな」

「おぬしのお父上の葬儀《そうぎ》以来だ。二年ぶりかな」

「いや、三年になる」

「そうか、もう三年になるか。積もる話がある。そのへんでそばでも食わんか」

「うむ」

二人は肩を並べて歩き出した。

松尾《まつお》新之助――五歳のころから幕府の学問所『昌平黌《しょうへいこう》』でともに学んだ仲である。

父親の松尾作左衛門《さくざえもん》は、幕府の二《に》の丸留守居役《まるるすいやく》をつとめていたが、腎《じん》ノ臓《ぞう》の持病が悪化したために、四年前に家督《かとく》を長男の新之助にゆずって退隠《たいいん》した。

二の丸留守居役は役高《やくだか》七百石の要職だが、世襲制ではないので、作左衛門が職を辞した時点で、松尾家は家禄《かろく》三百石の無役の小普請組《こぶしんぐみ》に落ちた。

翌年の春に作左衛門が他界し、その葬儀で新之助に会って以来の再会だった。

二人は中坂《なかざか》下のそば屋に入った。

「少し痩《や》せたのではないか」

そばをすすりながら彦四郎がいった。頬がこけて、体つきも三年前と較《くら》べると一回り小さくなったような気がする。

「いろいろと気苦労が多くてな」

「無役の身でも気苦労があるのか」

「おぬしにはわからんだろうが、無役だからこそ苦労が多いのだ」

小普請組は、幕府の役職につかない非役の旗本が江戸城の修築工事に駆り出されたところから、その称がついたのだが、のちに持ち高に応じて小普請金を出させることによって工事の夫役《ふやく》に代えたのである。

「小普請金のほかにも何かと出銭《でぜに》が多くてな」

箸《はし》を持つ手を止めて、新之助は深々とため息をついた。

「暮らし向きのことか」

「父が在職中は七百石のお役高があった。それがいまは半分以下の三百石。どんなに倹約しても借財は増えるばかりだ」

家禄三百石というのは、三百石の米がとれる采地《さいち》を拝領したということであり、生産高の四割が領主、六割が生産した百姓たちの取り分になった。いわゆる「四公六民《しこうろくみん》」である。三百石の旗本の実収は百二十石にすぎないのだ。

無役の者は、その中から毎年小普請金を幕府に納め、さらには石高に応じて軍役も備えなければならない。

松尾家の場合、侍二人、甲冑《かっちゅう》持ち一人、槍《やり》持ち一人、馬の口取り一人、小荷駄《こにだ》一人、草履《ぞうり》取り一人の軍役が課せられ、そのほかに下女や中間《ちゅうげん》など十人の使用人を抱えているので家計はつねに火の車だった。

「そうか。そんな苦労があるとは知らずに悪い冗談を。すまん。許してくれ」

彦四郎は素直に失言を詫《わ》びた。

「気にするな。おれのほうこそつまらん愚痴《ぐち》をこぼしてしまった。いまの話は忘れてくれ」

「ところで」

そば猪口《ちょこ》にそば湯をつぎながら、彦四郎が話題を変えた。

「どこへ行くつもりだったのだ?」

「小普請組支配の坂崎さまのお屋敷へ行こうかと」

「『お番入り』の陳情か」

「ああ」

無役の旗本が幕府の役職につくことを「お番入り」といった。その斡旋《あっせん》をしているのが小普請組支配の坂崎勘解由である。

「おれの代で家名を絶やすわけにはいかんからな。ひれ伏してでも坂崎さまにお番入りをお願いしてくるつもりだ」

そういって、新之助は弱々しく笑った。


それからおよそ四半刻（約三十分）後。

松尾新之助は小川町の坂崎の屋敷の小書院にいた。

坂崎の屋敷には、新之助のように「お番入り」を陳情にくる無役の下級旗本が日参するらしく、門番や若党の応対も慣れたもので、用件を告げるとすぐに玄関脇の小書院に通された。

面談に応じたのは、近習《きんじゅ》格の古垣徳之助だった。料紙に年齢、姓名、現在の家禄、拝領屋敷の場所などを書かされたあと、

「どのようなお役が望みなのか」

と訊かれた。

新之助は一瞬、返答に窮《きゅう》した。

正直なところ役職を選んでいる余裕はない。「お番入り」ができれば何でもいい、というのが本音なのだが、それではあまりにもさもしすぎるので、

「亡父は二の丸御留守居役をつとめておりました。願わくばそれに準じるお役

を」

と応えると、古垣はふっと軽侮《けいぶ》の笑みを浮かべて、

「あまり高望みをなさらぬほうがいい」

といった。明らかに見下した態度である。

「決して高望みするつもりはございませんが」

「では、お役は問わないと？」

すかさず切り返されて、新之助は、

「はァ」

と、思わずうなずいてしまった。

「ありていに申し上げる。『お番入り』を上申《じようしん》するには費用《かかり》がいる。それをととのえていただきたい」

「費用？」

「公儀《こうぎ》の要路《ようろ》や各有司《ゆうし》への根回し料でござる」

「いかほどで」

「まずは手付け金五十両。『お番入り』が叶《かな》った暁《あかつき》には、お役高の二割を納めていただく」

つまり、役高五百石の役職についた者は、百両の手数料を納めなければならないということである。どうやらそれが「お番入り」の相場らしい。

「で、手付け金はいつまでに？」

「早く納めればそれだけ貴殿の順番が早く回ってくる、ということでござる」

「わかりました。あいにく本日は持ち合わせがございませんので、あらためて出直してまいります」

と一礼して退出した。入れ違いに若党が入ってきて、殿がお呼びでございます、と告げた。古垣は部屋を出て奥書院に向かい、襖《ふすま》の前に片膝をついて「お呼びでございますか」と声をかけた。

「入れ」

「は」

襖を引き開けて、部屋に入る。

書見台に向かって謡曲《ようきょく》をうなっていた坂崎勘解由がゆっくり振り向いて、

「先ほど、『伏見屋《ふしみや》』の使いの者がきてのう」

「例の件でございますか」

「今夜会いたいと申してきた」

「で？」

「むげには断れんからの。そのほう供《とも》をしてくれぬか」

「手前一人でよろしいので？」

「内密の話だ。供は一人でよい」

「承知つかまつりました」

その夜、戌《いぬ》の刻（午後八時）。

日本橋堀留《ほりどめ》の料亭『扇屋《おうぎ》』の裏手に一挺《ちょう》の駕籠《かご》がひっそりと止まった。

扈従《こじゅう》の古垣が、あたりの闇にするどい眼をくばって駕籠の引き戸を開けると、
坂崎がゆったりと腰を上げて駕籠から降り立った。

『扇屋』の番頭らしき男が、すばやく駆けつけてきて二人を裏口に案内した。

通されたのは離れの一室である。

十畳ほどの座敷には、すでに豪華な酒席がととのっていた。

「夜分お運びいただきまして恐悦《きょうえつ》に存じまする」

一見物堅《ものがた》そうな五十年配の商人がうやうやしく平伏して二人を迎えた。

日本橋駿河《するが》町の呉服問屋『伏見屋』のあるじ宗右衛門《そうえもん》である。

「まずは一献《いっこん》」

と二人に酌をする。それを受けながら坂崎が、

「伏見屋、噂にたがわず、あれはなかなかの業物《わざもの》だったぞ」

満足げにいった。先夜辻斬りに使った刀のことである。店頭価格で五十両は下らないといわれる〝備前長船〟を坂崎に贈ったのは、この宗右衛門だった。

「お気に召していただければ、さいわいに存じます」

「ところで伏見屋」

飲みほした酒杯を膳の上において、坂崎が向き直った。

「例の件だが、もうしばらく待ってもらえぬか」

「しばらく、と申されますと？」

「奥右筆《おくゆうひつ》の宗像《むなかた》さまにもお立場がある。わしからの頼みとはいえ、即座にお取り上げというわけにはいかんのだ。ほかにも何かとしがらみがあってな」

奥右筆とは、老中の文案を記録し、古例に徴《ちょう》してことの当否を決定する役である。

幕府の機密文書をあつかうために非常に権威があった。また、武家の官位昇級の決定権をにぎっていたので、大名旗本からの賄賂《わいろ》が引きも切らず、その収入は小大名をしのぐほどだったという。

坂崎も無役の小普請組の「お番入り」を図るために、奥右筆組頭の宗像典膳《てんぜん》にかなりの賄賂を贈っていた。

一方の伏見屋宗右衛門は、その屋号が示すとおり、十年ほど前に京都から江戸に進出してきた新興の呉服商である。

――現金廉売《やすうり》掛け値なし

の上方《かみがた》商売が当たって、いまでは日本橋屈指の呉服問屋にのし上がっていた。

宗右衛門の次の野望は「御公儀御用達《ごようたし》」の金看板を手に入れて、大奥出入りの呉服商になることだった。そのために刀剣趣味の坂崎に高価な刀を贈り、奥右筆・宗像典膳への口利きを依頼したのである。

「とにかく、あせらずに待つことだ」

酒杯の酒をぐびりと飲みほしながら、坂崎が独語するようにいった。

「待てば海路《かいろ》の日和《ひより》あり、と申すからのう」

「それはもう重々。坂崎さまにお任せした以上、大船に乗ったつもりで吉報を待つつもりでございます」

宗右衛門が追従笑《ついしょう》いを浮かべて、

「じつは昨日、知り合いの刀屋がこのような物を持参してきまして」

と、細長い桐《きり》の箱を差し出した。見るまでもなく中身は差料《さしりょう》である。

「ほう」

坂崎の眼が貪婪《どんらん》に光った。宗右衛門が「どうぞ、ごらんくださいまし」というのを待たずに、坂崎は桐の箱を開けて差料を取り出した。

長さ二尺七寸（約八十一・八センチ）、蠟色鞘《ろいろざや》の大刀である。鞘をはらって刀身を一目見るなり、

「長曾祢虎徹《ながそねこてつ》か」

坂崎は思わずうなった。刃文は沸本位《にえほんい》の丁字《ちょうじ》乱れ、反《そ》りが浅く、いわゆる虎徹の「棒反《ぼうぞ》り」といわれる名刀である。

「これは見事」

といったまま、坂崎は吸いつけられるように刀身に見入った。双眸《そうぼう》の奥に異様な光がたぎっている。狂気ともいうべき光だった。

2

奉行所からの帰り、仙波直次郎はふと思い立って日本橋瀬戸物町の小夜の家に

足を向けた。おるいの話を聞いてから四日がたっている。その後の様子が気になったのである。

玄関の引き戸を開けて、

「いるかい？」

と、声をかけると、奥からたすき掛けの小夜が出てきて、

「あら、旦那。わざわざお運び下さるなんて、どういう風の吹きまわしですか」

皮肉に笑った。

「例の娘のことが気になってな」

「ま、お上がんなさいよ」

「うむ」

雪駄《せった》をぬいで部屋に上がった。夕食の支度をしていたらしく、台所のほうから煮物の香ばしい匂いがただよってくる。

「お茶にする？　それともお酒」

「冷《ひ》やで一杯もらおうか」

小夜は台所から徳利《とっくり》と茶碗を持ってきて、直次郎の前に置くと、

「悪いけど、一人でやっててくれる」

といいおいて、あわただしく台所に立ち去った。

直次郎は手酌で茶碗酒を飲みながら、台所で立ち働いている小夜のうしろ姿をぼんやり見ていた。

小夜は奥州《おうしゅう》梁川《やながわ》の水呑《みずの》み百姓《びゃくしょう》の六女に生まれ、五歳のときに旅の軽業《かるわざ》一座に売られた女である。

十六歳のときに小夜の運命を変える事件が起きた。一座の座頭《ざがしら》に手込めにされたのである。小夜はかんざしで座頭の喉を突いて殺し、着の身着のまま逃亡した。雪深い信州《しんしゅう》から美濃《みの》、美濃から三河《みかわ》へと流浪《るろう》の旅をつづけ、江戸に流れついたのは二年前の春だった。

浅草鳥越《あさくさとりごえ》の小料理屋で働いているときに、縁があって「闇稼業」の元締め・寺《てら》沢弥五左衛門《さわやござえもん》と知り合い、女殺し人になったのである。

台所で甲斐甲斐《かいがい》しく立ち働いている小夜は、とてもそんな暗い過去を背負った女には見えなかった。ごくふつうの町娘の姿である。

「なに考えてるんですか」

小夜が振り向いた。

「い、いや、別に」

「何もないけど、これ、お酒のつまみに」

小夜が小鉢を持ってきた。炊き上がったばかりの小芋《こいも》の煮つけである。それを一つつまんで口に放り込みながら、直次郎が訊いた。

「おるいって娘はどうした？」

「おとといい、無事に江戸を発《た》ちましたよ」

応《こた》えて、小夜も自分の猪口に酒をついだ。

「路銀《ろぎん》の工面がついたのか」

「仕事料が入ったんでね」

「仕事？　いつやったんだ？」

「旦那に会った、その日の晩さ」

「あの晩というと」

一瞬、直次郎の脳裏《のうり》にひらめくものがあった。米山兵右衛から、神田三河町の醬油《しょうゆ》問屋『升田屋』の内儀《ないぎ》・お浜が殺されたと聞いていたからである。

「升田屋の内儀か！」

「え」

「そうか、あれはおめえの仕事だったのか」

「旦那、なぜそれを？」

「おれは八丁堀の同心なんだぜ。ご府内で起きた事件はすべてお見通しよ」

「――ひどい女でねえ」

猪口の酒を口に運びながら、小夜が憤然といった。

「自分の子を『升田屋』の跡継ぎにするために先妻の子供を二人も殺したんです。人間のやることじゃありません。あの女は鬼ですよ。その上、亭主を裏切って常磐津《ときわず》の師匠と情を通じるなんて、同じ女として絶対に許せない」

「ま、ま、そう興奮するな」

直次郎が苦笑して、

「おめえは情が深すぎる。それが唯一の欠点だ」

「あたしだって人間ですからね。情はありますよ」

「仕事をするときは情を捨てろ。鬼だろうが畜生《ちくしょう》だろうが、おれたちには関わりねえ。請《う》けた仕事をきっちりやればそれでいいんだ」

「だから、やりましたよ。きっちりとね」

直次郎は二つ目の小芋を口に入れて、茶碗に残った酒を喉に流し込み、

「うまかったぜ。芋の煮つけ」

といって腰を浮かせた。すかさず小夜がその手を引いて、

「もう帰るんですか」

と、やるせなげに直次郎の顔を見た。

「冷や酒が効いてきた。これ以上飲んだら深酔いしそうだぜ」

「じゃ、あたしが醒《さ》ましてあげる」

「醒ます？」

「ねえ、旦那」

鼻を鳴らして、小夜がしなだれかかった。

「お、おい！」

思わず直次郎が飛び上がった。小夜の手が股間の一物をむんずとつかんだのである。

「ふふふ、ここが旦那の攻めどころ」

「いきなりきやがったな」

「ね、抱いて」

小夜が直次郎の首にしがみつく。はずみで二人は折り重なるように倒れ込んだ。

直次郎の体にのしかかって、小夜がむさぼるように口を吸った。やわらかい舌がうねうねとうごめきながら、直次郎の舌にからみつく。

小夜は自分で帯をほどき、胸元を広げた。小ぶりだが形のよい乳房がぽろんとこぼれ出る。片方の乳房を手でつかんで、

「吸って」

という。いわれるまま直次郎は乳房を口にふくんだ。そして軽く乳首を嚙む。

「ああ」

と、小夜がのけぞった。乳首を吸いながら、背中に手をまわして着物をずり下げる。半裸になった。

直次郎は体を反転させて、小夜を畳に押しつけた。今度は直次郎が上になる。腰の物をはぎとって股間に手を差し込み、はざまを撫で下ろす。指先に小さな突起が触れた。女のいちばん敏感な部分である。

「ああーッ」

小夜が歓喜の声を上げる。秘孔に指を入れると、小夜は激しく首を振って、

「だ、だめ……。旦那のを……入れて」

口走りながら狂おしげに体をくねらせた。壺の中は十分うるんでいる。

直次郎は着物の裾をはしょって帯にはさみ、手早く下帯をはずした。一物が隆々とそり返っている。小夜の両足をつかんでぐいと持ち上げる。さすがに元女軽業師だけあって、体がやわらかい。

持ち上げた両足を小脇に抱え込んで立ち上がる。仰向けになったまま、小夜の上体が大きくそり返り、股間があらわにさらけ出される。一物の尖端が濡れた切れ込みに当たり、つるりと入った。

「ああッ」

上体を弓のようにそらして、小夜が悲鳴を上げる。両足を抱えられているので、ほとんど逆立ちしているような恰好である。

「だ、旦那」

と口走りながら、小夜は必死に上体を起こして直次郎の首にすがりついた。

直次郎は立ったままである。両手を小夜の尻にまわして抱え込み、腰をふりながら部屋中を歩きまわる。歩を踏むたびに小夜の壺の中で一物が躍動《やくどう》する。

「あ、いい、いい！」

小夜はほとんど半狂乱である。峻烈《しゅんれつ》な快感が間断《かんだん》なく体の芯をつらぬく。その波動が直次郎の一物にも伝わってくる。同時に二人は昇りつめていった。

「いく！　旦那、いくわッ！」

「お、おれもだ！」

あわてて小夜の体を畳の上に下ろした。その瞬間、直次郎は立ったまま放出した。

炸裂した淫汁が小夜の顔面に飛び散った。

直次郎は肩で息をととのえながら、小夜のかたわらに座り込み、額に張りついた髪の毛をそっと撫で上げた。

「ふふふ」

小夜がぞくっとするような笑みを浮かべ、

「旦那ってすごい」

つぶやきながら、直次郎の股間に手を伸ばし、萎《な》えかけた一物をしなやかな指でいとおしげに愛撫した。


月も星もない暗夜である。

湿気をふくんだ夜気がどろんと淀《よど》んでいる。

家路につきながら、直次郎の心はなぜか晴れなかった。小夜から聞かされた

『升田屋』のお浜殺しの一件が、さっきから心のすみに引っかかっていたからである。

小夜は情で動く女である。先妻の二人の子供を殺したお浜を「鬼のような女だ」といったが、果たしてそれは事実なのか。

小夜は自分の眼でその事実を確かめたわけではない。半次郎から聞いた話である。むろん、半次郎を疑うつもりはないが、人伝《ひとづ》てに聞いた話を信じて情をからめるのは禁物である。

闇稼業に法はない。ことの黒白《こくびやく》を見きわめるのはあくまでも半次郎であり、それに最終決断を下すのは元締めの寺沢弥五左衛門である。仮にその判断が間違っていたとしても、金で割り切って引き受けた場合、おのれが傷つくこともないし、後悔することもない。

しかし、小夜のように情で動く女は、それが間違いだと知ったときに受ける心の傷は生涯消えぬだろう。そこが危《あや》うい瀬戸際《せとぎわ》である。

その意味で今回の小夜の仕事には何となく釈然《しやくぜん》としないものがあった。

気がつくと、直次郎は小網町の河岸通りを歩いていた。

前方にかすかな明かりがにじんでいる。半次郎の舟小屋の明かりである。

土手の石段を下りて、小屋の戸口に立った。

「半の字、起きてるか」

声をかけても応答がない。板戸の隙間から明かりが洩れているところを見ると、半次郎は中にいるはずだが……。

「おれだ。仙波だ」

かんぬきをはずす音がして、板戸がわずかに開き、半次郎が顔をのぞかせた。深く陰影をきざんだその顔には、まったくといっていいほど表情がない。

「ちょっといいか？」

「どうぞ」

奥の板敷きで書き物をしていたらしく、手燭《てしょく》のそばに紙と筆が置いてあった。

「小夜から仕事の話を聞いたんだが」

直次郎は空き樽に腰を下ろし、あごの不精《ぶしょう》ひげをぞろりと撫でながら、

「気になることがあってな」

と、つぶやくようにいった。

「どんなことでしょう」

半次郎が訊き返す。あいかわらず顔にも声にも表情がない。

「升田屋のお浜が先妻の子を殺したって話は本当なんだろうな」

「間違いありません」

「そうか」

一拍の間があった。

「いや、誤解しねえでくれよ。おめえの話を疑ってるわけじゃねえんだ。ただ、金で人の命をやりとりをしている以上、万に一つの間違いもあっちゃいけねえと思ってな」

「その点は重々心がけているつもりです」

「なァ、半の字。これは長年廻り方をつとめてきたおれの勘《かん》なんだが」

「…………」

「お浜のほかにも子殺しに関わったやつがいるんじゃねえかと、そんな気がしてならねえんだ」

半次郎は黙っている。直次郎の話を素直に聞いているようでもあり、無言の反《はん》駁《ばく》を示しているようにも見えるが、その表情から真意は読み取れなかった。

数瞬、気まずい沈黙が流れた。いらぬことをいってしまったかと内心後悔しながら、直次郎はゆったりと腰を上げ、

「ま、念のためにと思ってな」

と、いいおいて小屋を出ていった。そのときはじめて半次郎の表情に変化が起きた。激しく眼が泳いだのである。明らかに不安と狼狽《ろうばい》の色だった。

3

五月二十八日は、両国《りょうごく》の川開きである。

大川（隅田《すみだ》川）の川面は、陽が落ちる前から猪牙《ちょき》舟、屋根舟、屋形船などの納涼船でびっしり埋めつくされ、吾妻《あづま》橋や両国橋、永代《えいたい》橋の橋上は花火見物の人々で押し合いへし合いの大混雑になる。

吾妻橋の西詰、花川戸《はなかわど》に小普請組支配・坂崎勘解由の別邸があった。

別邸といっても、幕府から下賜《かし》された屋敷ではなく、板塀をめぐらせた敷地百坪ほどの町家である。以前は蔵前《くらまえ》の札差《ふださし》の隠居屋敷だったというその家を、二年前に坂崎が購入したのである。

花火の打ち上げがはじまった六ツ半（午後七時）ごろ、坂崎の別邸に一人の客が来着した。奥右筆の宗像典膳である。

大川に面した二階座敷の障子窓はすべて取り払われ、川面を埋めつくす納涼船の明かりや、夜空に咲き乱れる五彩の花火が、まるで芝居の書き割りのように一望できた。

「これは結構な眺《なが》めじゃ」

盃をかたむけながら、宗像典膳が満面に笑みを浮かべた。齢は坂崎より二つ上の五十二歳だが、顔の血色はよく、髪も黒々としていて、年齢よりはるかに若く見える。

史料によると、両国の川開きに打ち上げられる花火の数は、

「大筒が十六本、手筒が八十本。〆《し》めて弐百十五番御座《ござ》候《そうろう》」

とあり、花火屋は鍵屋弥兵衛《かぎややへえ》と玉屋市兵衛《たまやいちべえ》の名が記されている。この夜は、玉屋が両国橋の上流、鍵屋が下流を受け持ち、互いにその技を競い合った。

しばらく花火見物を楽しんだあと、坂崎がふところから書状を取り出して、

「恐れ入りますが」

と宗像の前に差し出した。書面には七、八名の名前と略歴が列記されている。

「お番入りを請願《せいがん》している者たちでございます。一つよしなにお取り計らいのほどを」

「うむ」

鷹揚《おうよう》にうなずいて、宗像が書面に眼を落とした。

列記された名前の中に、松尾新之助の名もあった。それを見て宗像が、

「ほう、松尾もお番入りを上申してきたか」

と、つぶやいた。

「ご存じなので？」

「亡父の作左衛門どのはよく存じておる。懇意というほどではないが、三年前に他界したときには葬儀にも参列した。せがれの新之助とはその折りに顔を合わせている」

「さようでございますか」

「たしか」

といって宗像が顔を上げ、ふっと意味ありげに笑った。

「九つ違いの見目のよい妹がいたが」

「お気に召しましたか、その妹」

追従笑《ついしょうわら》いを浮かべて坂崎が水を向けると、宗像は好色そうに眼を光らせ、

「喪服《もふく》姿にえもいわれぬ色気がただようていてのう、葬儀に参列した男どもはみ

な見とれておった。あれほどの美形にはめったにお目にかかれん」

「松尾新之助に申しつけて、一度その娘を酒席に呼びましょうか」

「ふふふ、それは楽しみだな」

「ついでにと申しては何ですが、『伏見屋』の件もおふくみおきを」

「わかっておる」

書状を折り畳んでふところにしまい、

「ご政道改革のせいで、心なしか今年の花火は儚《はかな》げに映るのう」

とつぶやきながら、窓の外に眼をやった。

大輪の花火が漆黒《しっこく》の夜空を華やかに彩《いろど》っている。

まさに百花繚乱《りょうらん》の美しさだが、それでも例年のような派手やかさはない。

それから一刻（二時間）ほど花火見物を楽しんだあと、宗像は坂崎が用意した駕籠に乗って帰邸した。玄関先で宗像の駕籠を見送って二階座敷にもどると、

「古垣」

坂崎が隣室に声をかけた。

襖が音もなく開いた。そこに古垣、矢頭、赤座の三人が控《ひか》えていた。

「そろそろ、わしらも退散するか」

「はっ」

「例の物は持参してきたか」

「抜かりなく」

「では、まいろう」

酒席の後片づけを下男に命じて、坂崎と三人の家来は別邸を出た。

古垣は穂先に鞘をかけた手槍をたずさえ、矢頭は細長い桐の箱、赤座は小さな風呂敷包みを抱えている。

時刻は四ツ（午後十時）にちかい。花火見物の人々で混み合う浅草広小路《あさくさひろこうじ》を抜けて、東本願寺《ひがしほんがんじ》の裏通りに出た。ここまでくると、さすがに人影もまばらになる。

新堀《しんぼり》に架かる菊屋《きくや》橋をわたり、新寺町《しんてらまち》通りに出る。その名が示すとおり、道の両側には大小の寺院がずらりと甍《いらか》をつらね、それぞれの寺領には樹木が鬱蒼《うっそう》と生《お》い茂っていて、涼しげな風光をかもし出している。

東岳寺《とうがくじ》の土塀が切れたあたりで、坂崎がふと足を止めて背後の三人を振り返った。

「このへんがよかろう」

「はっ」

と、三人がうなずき、土塀の角に足を向ける。

赤座が屈み込んで風呂敷包みを広げた。中身は微行頭巾《しのびずきん》と覆面用の黒布である。坂崎が微行頭巾をかぶり、三人は黒布で手早く面をおおった。

矢頭が桐箱の中から差料を取り出して、

「どうぞ」

と坂崎に手わたす。伏見屋宗右衛門から贈られた「長曾祢虎徹」である。

四人は土塀の陰に身をひそめて、しばらく通りの様子をうかがった。

四半刻（約三十分）ほどたったころ、闇の奥にポツンと提灯の明かりが浮かび立った。

「御前」

古垣が低く声をかける。微行頭巾の下の坂崎の眼がぎらりと光った。

提灯の明かりがしだいに近づいてくる。

近くの寺の寺男らしき四十年配の小柄な男である。

男が土塀の角にさしかかった瞬間、坂崎は刀の鯉口《こいぐち》を切って歩を踏み出し、男の前にうっそりと立ちはだかった。

「あっ」

と足を止めて、男は数歩後ずさった。坂崎が無言のまま刀を鞘走らせる。

「お、お助けを！」

男が仰天《ぎょうてん》して奔馳《ほんち》した。地面に落ちた提灯がめらめらと燃え上がる。その明かりの中に銀色の光がきらりと一閃した。

がつッ。

骨を断《た》つ鈍い音がして、何かが高々と宙に舞った。両断された男の首である。首を失った胴体は、おびただしい血をまき散らしながら二、三歩よろめき、かくんと膝を折って倒れ込んだ。男の首はそれより数間先に転がっている。

「ふふふ、さすがは長曾祢虎徹。豪快な切れ味だ。首の骨まで断ち切ったぞ」

坂崎が満足げにつぶやき、刀の血ぶりをして鞘に納めると、土塀の角に立っている三人をうながして足早に立ち去った。

東の空には、まだ花火が上がっている。

「昨夜、また辻斬りが出たそうですよ」

茶をすすりながら、米山兵右衛が暗澹《あんたん》といった。

南町奉行所の例繰方の部屋である。前に直次郎が座っている。

「五人目、いや六人目ですか」

「ええ。場所は下谷《したや》の新寺町通りです。殺されたのは永昌寺《えいしょうじ》の吾平《ごへい》という寺男。酷《むご》いことに首を切り落とされていたそうです」

と、眉宇《びう》を寄せて、兵右衛はやり切れぬように吐息をついた。

「そこまでいくと、もはや刀の試し斬りとはいえませんな。人殺しそのものが目的かもしれません」

「公儀の探索方は何をしてるんでしょうかねえ」

一連の辻斬り事件は、当然、公儀目付《めつけ》の耳にも入っているはずである。だが、目付衆が探索に乗り出したという話はまったく聞いていなかった。

直次郎がずずっと茶を飲みほして、

「一人だけ動いている者がいます」

といった。

「一人だけ？」

「かつてわたしの道場仲間だった秋元彦四郎という男です」

「秋元さんというと、御徒目付組頭の？」

ますよ」

「ええ、あの男は信用できます。そのうちきっと下手人の正体を突き止めてくれ

「早く見つかるといいんですが。もう一杯いかがですか？」

「いいえ、わたしはそろそろ」

と腰を上げたとき、

「おい、仙波、仙波はおるか！」

廊下でがなり声がした。

「は、はい」

あわてて飛び出すと、内《うち》与力の大貫三太夫《おおぬきさんだゆう》がずかずかと歩み寄ってきた。

内与力というのは奉行・鳥居耀蔵の直属の家臣である。鳥居の威《い》を借りて誰に対しても権柄《けんぺい》ずくに振る舞う大貫は、奉行所内の鼻つまみ者だった。

「何か？」

「お奉行のお役宅の蠟燭《ろうそく》が切れた。一《ひと》っ走《ぱし》り『三浦屋《みうら》』に行って、すぐ届けるように申し伝えてきてくれ」

「かしこまりました」

一礼して、直次郎は足早に立ち去った。

『三浦屋』は奉行所出入りの蠟燭問屋である。店は一石橋《いっこく》の北詰の北鞘町《きたさや》にあった。間口七間、総塗り込めの瓦葺《かわらぶ》き二階建て、堂々たる店がまえである。

応対に出た手代に、三百目蠟燭二十本、百目蠟燭五十本、仰願寺《こうがんじ》蠟燭（小蠟燭）百本を至急鳥居耀蔵の役宅に届けるよう申し伝えると、直次郎は『三浦屋』を出て日本橋に向かった。昼には少し早かったが、ついでに室町《むろまち》のめし屋で茶漬けでも食っていこうと思ったからである。

室町一丁目に出たところで、

「直次郎」

いきなり背後から声をかけられた。振り向くと、人混みをぬうようにして秋元彦四郎が歩み寄ってきた。

「よう、彦四郎、めしでも食わんか」

「まだ昼前だぞ」

「堅《かた》いことをいうな。たまにはおれが奢《おご》ろう」

「じゃ、遠慮なくゴチになるか」

二人は室町一丁目の路地角の『菜屋《さいや》』という小粋《こいき》なめし屋に入った。昼前なので店内に客の姿はなかった。二人は片隅の卓に腰を下ろして茶漬けを注文した。

ほどなく小女《こおんな》が茶漬けを運んできた。炊《た》き立てのめしに昆布《こんぶ》と鰹節《かつおぶし》の出し汁をかけ、その上にきざみ海苔《のり》と浅蜊《あさり》の佃煮《つくだに》をたっぷりのせた『菜屋』特製の茶漬けである。

「ところで」

と直次郎が箸を止めて、

「辻斬りの探索は進んでいるのか」

「目下《もっか》、刀剣屋や古物商を洗っているところだ。刀を買い集めている者がいないかどうかを調べるためにな」

「で、何か手がかりでも？」

「いや、いまのところこれといった情報はない」

「じつをいうと」

直次郎が声をひそめていった。

「先日、おれは辻斬り一味に出会《でくわ》した」

「えっ」

彦四郎が思わず瞠目《どうもく》した。

「四人組の侍だ。一人は微行頭巾、三人は黒布で面を隠していた」

「それで？」

「いきなり三人が斬りかかってきやがった。そのうち一人は手槍を使った。かなりの腕だった」

といって、直次郎は自嘲の笑みを浮かべ、

「相手が手槍じゃ勝ち目がねえからな。一目散《いちもくさん》に逃げたさ」

「そうか」

彦四郎がきびしい顔でうなずき、反芻《はんすう》するようにつぶやいた。

「下手人は四人組の侍か」

「夕べも下谷で寺男が斬られたそうだぜ」

「その件はさっき番屋で聞いた。内心おれも焦っているのだが」

どんぶりに残った茶漬けを一気にかっ込み、

「地道に聞き込みをつづけるしか手はあるまい。犬も歩けば棒に当たるだ」

「手ごわい相手だ。くれぐれも気をつけろよ」

直次郎は立ち上がって小女にめし代を払い、表に出た。

彦四郎とはそこで別れた。

奉行所にもどっても、どうせやることは何もない。せまい用部屋に閉じこもって退屈な時を過ごすより、少しでも外の空気を吸ったほうが気晴らしになる。そう思って直次郎は半刻（一時間）ほど町をぶらつくことにした。

4

今日もぎらぎらと灼熱《しゃくねつ》の陽差しが照りつけている。

直次郎は日本橋川の北岸通りを江戸橋に向かって歩いていた。河畔《かはん》の柳の木の下に人だかりができている。水売りがいるらしく、あちこちから女子供がどんぶりや小鉢を持って駆け寄ってくる。

水売りは、ただの飲み水を売るのではなく、

ひやっこい　ひやっこい
汲《く》みたて　白玉《しらたま》　砂糖水

と、売り声をかけながら、汲みたての冷たい井戸水に白玉餅《もち》や砂糖を入れたものを売り歩く、棒手振《ぼてふ》りの行商である。これも江戸の夏の風物詩の一つだ。

江戸橋の北詰にさしかかったとき、直次郎のかたわらに一人の男がすっと歩み寄ってきた。手拭いで頬かぶりをした半次郎である。

「おう、半の字か」

「元締めがお呼びです」

半次郎が低くいった。あいかわらず声にも顔にも表情がない。

「おれに何の用だ？」

「話は元締めからお聞き下さい。あっしの舟でどうぞ」

といって、半次郎が先に立って歩き出した。

闇の元締め・寺沢弥五左衛門の家は深川堀川町《ふかがわほりかわ》にある。徒歩で行くより、舟を使ったほうがはるかに早い。小網町の舟小屋の前から猪牙舟に乗って、二人は深川に向かった。


寺沢弥五左衛門――本名を寺門静軒《てらかどせいけん》という。

みずからを「無用之人《むようのひと》」と称する浪人儒者《じゆしや》であり、江戸で大評判をとった『江戸繁昌記《はんじよう》』の著者でもある。

天保の改革で、静軒の『江戸繁昌記』は市中の風俗俚言《りげん》を記した「敗俗之書」

であると指弾され、発禁処分となった。指弾したのは南町奉行・鳥居耀蔵の実の父親で、幕府の文教をつかさどる林大学頭《はやしだいがくのかみ》述斎《じゅっさい》である。

静軒は、幕府のきびしい弾圧にも屈せず、その後も執筆活動をつづけたため、ついに「武家奉公御構《おかまい》」となって江戸を追われ、消息を断った。

巷《ちまた》には武州《ぶしゅう》や上州《じょうしゅう》、越後《えちご》、信州などを流浪しているとの風説《ふうせつ》が流れたが、じつは、寺沢弥五左衛門の変名を使ってひそかに深川に隠棲していたのである。

『江戸繁昌記』は天保三年から七年にかけて五編刊行されたが、発禁処分になったあとも取り締まりの眼をくぐってひそかに地下出版され、版を重ねて明治まで刊行された。

その巨額の稿料が寺沢弥五左衛門こと、寺門静軒の潤沢《じゅんたく》な資金となり、「闇の殺し人」たちの仕事料にあてられていたのである。

がらり。

玄関の戸が開く音がした。

文机《ふづくえ》に向かっていた弥五左衛門がふっと顔を上げた。褐色《かちいろ》の絽《ろ》の十徳《じっとく》をはおり、髪《かみ》は総髪、鬢《びん》に白いものが交じっている。一見したところ五十二、三に見えるが、実年齢は四十六歳である。

弥五左衛門は筆を置いてゆっくり振り返った。ほどなく廊下に足音がひびき、

「ごめん」

と声がして、襖《ふすま》がしずかに引き開けられ、直次郎が神妙な顔で入ってきた。背後に半次郎が控《ひか》えている。

「お呼び立てして申しわけございません」

物静かな口調でそういうと、弥五左衛門は軽く頭を下げた。

「で、話というのは？」

「あなたに謝らなければならないことが」

「謝る？」

「『升田屋』のお浜殺しの一件です。ご指摘のとおり、あれはお浜一人の仕業ではありませんでした」

「調べ直したんですかい？」

「ええ、半次郎に常磐津《ときわず》の師匠・左文字京弥の身辺を洗い直させたのです」

「で、何か新しい事実でも」

「先妻の二人の子供が死んだあと、左文字京弥が急に金まわりがよくなったとい

う証言をある筋から得ました。その金の出所はお浜にちがいありません」

「つまり、お浜が京弥に子殺しを依頼したと？」

「そう見るのが自然でしょう。……仙波さん」

と、弥五左衛門が居住まいを正し、

「あなたのおっしゃるとおり、手前どもは人の命を売り買いする闇稼業、万に一つの間違いも許されません。あなたのご指摘がなかったら、左文字京弥の大罪を見落とすところでございました。重ねてお詫び申し上げます」

両手をついて深々と頭を下げた。

「べつに謝るほどのことじゃありませんよ。それより元締め、このまま京弥をほっとくわけにはいかんでしょう」

「もちろんです。ただ……」

といって、弥五左衛門は困惑げに眉を寄せた。

「京弥が二人の子を殺したという確かな証《あか》しはありません」

「わたしが口を割らせてみせますよ」

「では、この仕事を引き受けて下さると？」

「仕事は万蔵にやらせます。あの男もしばらく仕事にあぶれてましたからね。わたしはあくまでも助《すけ》っ人《と》ということで」

「そうしていただければ助かります」

弥五左衛門は金箱から小判を五枚取り出して、直次郎の膝前に置いた。

「今回は仕事料のほかに助っ人料として二両を上乗せさせていただきます」

「これは過分な」

と、思わず顔をほころばせ、

「じゃ、遠慮なく」

五両の金子《きんす》をわしづかみにして無造作にふところにねじ込むと、背後に悄然《しょうぜん》と座っている半次郎の肩をポンと叩き、

「半の字、落ち込むなよ」

屈託なく声をかけて、直次郎は出ていった。

初更《しょこう》――午後八時ごろ。
東堀留川《ひがしほりどめ》の河畔の道を、ほろ酔い機嫌の男が歩いている。
〽粋《いき》な浮世を　恋ゆえに
野暮《やぼ》に暮らすも　心柄《こころがら》

忍び忍んで　相惚《あいぼ》れの
　口説《くど》きの仲の　涙雨
池の蛙《かわず》も　夜もすがら
　ほんに泣くではないかいな

端唄《はうた》などを口ずさみながら歩いているその男は、常磐津の師匠・左文字京弥であった。齢のころは三十一、二。色白の和事師《わごとし》のようなやさ男である。

東堀留川の北はずれに小さな橋が架《か》かっている。日本橋堀江《ほりえ》町と新材木町《しんざいもく》をむすぶ木橋で、東側の新材木町の杉森稲荷《いなり》の角に「和国餅《わこくもち》」を売る店があったところから、俗にこの橋は「和国橋」と呼ばれていた。正しくは堺橋《さかい》という。

その堺橋の東詰にさしかかったとき、京弥はふと足を止めてけげんそうに前方の闇を見やった。大柄な人影がこっちに向かってゆっくり歩いてくる。

ほどなく……、

淡い月明かりの中に、影の輪郭がくっきりと浮かび上がった。

黒の絽羽織《ろばおり》に茶縞《ちゃじま》の着流し、紺足袋《こんたび》に雪駄《せった》ばき、腰に二刀をたばさんでいる。

一目で〝八丁堀〟とわかるいでたちである。仙波直次郎だった。

京弥は、ほっとしたような顔でふたたび歩を踏み出し、直次郎に軽く会釈《えしゃく》して

通り過ぎようとすると、すれちがいざまに、

「京弥」

ふいに直次郎の声が飛んできた。京弥がぎくっと振り向く。

「左文字京弥だな？」

「は、はい」

「金をくれ」

「お金？」

「口止め料だ」

出しぬけにそういわれて、京弥はひどく狼狽《ろうばい》した。

「な、何のことでございましょう」

「おめえは三河町の『升田屋』の先妻の子を二人手にかけた。後妻のお浜に頼まれてな」

「め、めっそうもない！　手前には何のことやらさっぱり！」

「とぼけるなッ」

一喝《いっかつ》するや、京弥の襟首《えりくび》をつかんでぐいっと絞め上げた。

「おれの眼は節穴じゃねえんだぜ」

「い、息がつまります！　は、離して下さい！」

「どうだ？　おれと取り引きしねえか」

「取り引き？」

「これから酒を飲みに行こうと思っていたんだが、あいにく手元不如意《ふにょい》でな。一両出せば見逃してやる」

京弥は応えない。いや、応えられない。恐怖で口がわなわなふるえている。

「それとも首の骨をへし折られてえか」

さらに力をこめて首を絞め上げる。

「お、お待ち下さい！」

京弥が悲鳴を上げた。

「お、おっしゃるとおり、お浜さんに頼まれて、先妻の子を二人殺しました」

「見返りは金か」

「は、はい」

「いくらもらった」

「十両です」

「子供一人の命が五両って計算か」

「く、口止め料はお支払いします」

ふところから一両の金子を取り出して直次郎に手渡した。

「どうか、これでお見逃しを」

「いいだろう」

にやりと嗤《わら》って、直次郎は手を離し、

「とっとと消え失せな」

京弥の背中をどんと突いた。はずみで数歩よろめいたところへ、堺橋のたもとの大欅《おおけやき》の陰から人影が矢のように飛び出してきて、京弥に向かって一直線に突進してきた。

「あっ」

と立ちすくんだ京弥の眼前できらりと何かが光った。影が匕首《あいくち》を引き抜いて体ごと京弥にぶつかってきたのである。

体をくの字に折って、京弥は前のめりに崩れ落ちた。脇腹から噴き出したおびただしい血が乾いた地面にみるみる吸い込まれてゆく。

「ご苦労」

直次郎がぽつりといった。影は懐紙で匕首の血脂《ちあぶら》を拭き取ると、鞘に納めて歩み寄ってきた。古着屋の万蔵である。

「仕事料だ」

直次郎が小判三枚を差し出すと、万蔵はにっと笑って、

「旦那、どっかで清めの酒でも飲みやしょうか」

といった。

「ああ、この先に山鯨《やまくじら》を食わせる〝ももんじや〟がある。たまには肉でも食おうか」

あごの不精ひげをぞろりと撫でて、直次郎は歩き出した。

5

灼《や》きつくような陽差《ひざ》しの下、笠もかぶらずに大きな鎧櫃《よろいびつ》をかついでとぼとぼと歩いてゆく武士の姿があった。小普請組旗本・松尾新之助である。

先日、小普請組支配の坂崎勘解由の屋敷に「お番入り」の請願に行ったあと、手付け金五十両を工面するためにあちこち金策に走り回ったが、思うように金は集まらず、散々《さんざん》思い悩んだすえに、

――背に腹は代えられぬ。

と、先祖伝来の甲冑《かっちゅう》を質入れすることにしたのである。

江戸時代も幕末期になると、松尾家にかぎらず家禄二、三百石の旗本の家計は、ほとんど例外なく逼迫《ひっぱく》していた。暮らしかねて下女と駆け落ちした旗本もいれば、小普請組三百石の旗本が困窮の果てに娘を吉原に売り飛ばした例もある。

松尾新之助の場合、質草《しちぐさ》があるだけ、まだましといっていい。

世の中が不景気になると、金貸しや質屋が繁昌するのは今も昔も変わらない。

当時、江戸市中には質屋が二千軒あった。組合制で一戸につき毎月銀二匁《もんめ》五分ずつ冥加金《みょうがきん》を幕府に納めさせたという。

新之助が甲冑を持ち込んだのは、京橋常盤町《きょうばしときわ》の『夷屋《えびす》』という質屋だった。

「ほう」

甲冑を一目見るなり、質屋のあるじが感嘆するように吐息をついた。

「明珍信家《みょうちんのぶいえ》の作ですな」

「これで五十両用立ててもらえぬか」

「あいにくですが、五十両では受けかねます」

「いくらなら受けてくれる」

「そうですねえ」

あるじは値踏みをするように甲冑をまじまじと見まわしながら、

「三十両でいかがでしょうか」

といった。明らかに足元を見ている。だが、新之助も負けてはいない。

「三十五両ではどうだ？」

「とても、とても」

あるじもしたたかである。三十両が限度だといって一歩もゆずらない。

やむなく新之助は三十両で手を打った。もとより「お番入り」が叶った暁《あかつき》には、請け出すつもりである。そのとき支払う利子のことを考えると、借りる金は少ないほうがいい。

切り餅一個（二十五両）と小判五枚を袱紗《ふくさ》につつんでふところに仕舞い、新之助は小石川《こいしかわ》の屋敷にもどった。

「お帰りなさいませ」

妹の千鶴《ちづる》が玄関に出迎えた。

新之助より九歳年少の二十二である。切れ長な眼、黒い大きな眸《ひとみ》、花びらのように紅《あか》い唇、抜けるように色が白く、清楚な中にも匂うような色香をただよわせた、文字どおり眉目秀麗《びもくしゅうれい》な美人である。

「お客さまがお見えですが」

「客？」

「古垣さまとおっしゃる方です」

「ああ」

とうなずいて、新之助は書院に向かった。

書院の広縁に立って庭をながめていた古垣徳之助が、足音を聞いて振り返った。

新之助が入ってくる。

「お待たせいたしました」

「留守中、お邪魔させていただいた」

「御用のおもむきと申されるのは？」

「先日、奥右筆の宗像さまにお会いして、貴殿の〝お番入り〟をお願いしておいた。その旨、貴殿にお伝えしておこうかと」

「それはわざわざかたじけのうございます。じつはそのことで」

と、気まずそうに視線を泳がせながら、

「わたしのほうからも古垣さまに折入ってご相談が」

「相談？」

「手付け金の五十両、いましばらくご猶予《ゆうよ》いただきたいのですが」

「ああ、それならご心配にはおよばぬ。〝お番入り〟が叶った暁に、手数料と一緒に納めていただければ結構」

といって、古垣は意味ありげな笑みを浮かべ、

「その代わりと申しては何だが、一度妹御を宗像さまに引き合わせてはもらえまいか」

「妹を？」

「三年前に御父君のご葬儀に参列したさい、式場で貴殿の妹御を見かけ、その美しさにいたく胸を打たれたと宗像さまは申しておられた。できれば次の宴席に妹御にも臨席願い、酌の一つもしてもらえば、宗像さまもきっとお喜びになると思うのだが」

「次の宴席と申しますと？」

「四日後の六ツ（午後六時）、場所は浅草花川戸《はなかわど》の別邸でござる」

「…………」

数瞬、思案したのち、

「わかりました」

と新之助は応諾した。

「その時刻に妹を差し向けましょう」

「無理なお願いをして申しわけござらぬ。では四日後の六ツに」

慇懃《いんぎん》に礼をいって、古垣は退出した。

新之助の心中はおだやかではなかった。妹を宗像の酒席にはべらせることが、どんな意味を持つのか、薄々わかっていたからである。古垣の要求を断れば「お番入り」は叶わない。松尾の家名を守るためにも、否《いな》とはいえなかった。まさに苦渋の決断だったのである。

「兄上」

千鶴が入ってきた。

「古垣さまはどんな御用向きでお見えになったのですか」

「〝お番入り〟の件だ」

「何かよい知らせでも？」

「いや、まだ決まったわけではないが、望みは持てそうだ」

「そう。早く決まるといいですね」

「千鶴」

新之助が険《けわ》しい顔で向き直った。

「そのことで、四日後に御支配の坂崎さまと奥右筆の宗像さまがお会いになられるそうだ。すまんが、おまえもその席に出てもらえぬか」

「わたくしが？」

「宴席の手伝いをしてもらいたいと、古垣どのから申し入れがあったのだ」

「何をすればよろしいんですか」

「大したことではない。料理を運んだり、酌をしたり。……要は宗像さまをもてなせばよいのだ」

「それでしたら喜んで」

何も知らずに千鶴は屈託《くったく》なく笑った。その笑顔が新之助の胸を締めつけた。

四日後の暮六ツ（午後六時）。

浅草花川戸の坂崎の別邸の門前に、一挺の網代《あじろ》駕籠が止まった。古垣が松尾邸に差し向けた駕籠である。

陸尺《ろくしゃく》が駕籠の引き戸を開けると、あでやかな花色辻模様の小袖をまとった千鶴がしとやかに下り立った。

玄関から初老の下男が小走りに出てきて千鶴を中に案内する。

「二階で宗像さまがお待ちです」

下男はそういって姿を消した。

心細そうな顔で、千鶴は階段を上っていった。

「失礼いたします」

と部屋の前で声をかけると、

「入りなさい」

中から低いだみ声が返ってきた。千鶴はしずかに襖を引き開けて部屋に入り、両手をついて頭を下げた。全身に緊張感がみなぎっている。

「千鶴と申します。ふつつか者ですがよろしくお願い申し上げます」

「早速だが、酌をしてもらえぬか」

宗像典膳が一人で酒を飲んでいる。千鶴はけげんそうに顔を上げて、

「お一人でございますか」

と訊いた。

「勘解由どのは先に帰った。そなたの兄のことは勘解由どのから聞いておる。悪いようにはせんつもりだ。安心するがよい」

「ありがとう存じます」

千鶴が膳部の前ににじり寄って、ぎこちない手つきで酌をする。

「久しく見かけぬうちに一段と美《うつく》しゅうなったのう」

宗像が粘りつくような眼で千鶴の顔をねめまわす。

千鶴はとまどうように眼をそらした。

盃の酒をぐびりと飲みほすと、宗像は酒肴《しゅこう》の膳部をかたわらに押しやり、千鶴の手を取って引き寄せた。

「あ、何をなさいます」

「ふふふ、そなたも子供ではない。それなりの覚悟があってここへきたのであろう」

「い、いいえ、わたくしは、ただ、宗像さまをおもてなしするようにと」

「わしをもてなすとは、こういうことなのじゃ」

いきなり抱きすくめて、千鶴のうなじに唇《くちびる》を這わせた。

「あ、乱暴は、乱暴はおやめください」

「そなたのこの体には松尾家の行く末がかかっておる。わしに逆らったらどうなるか、そなたもわかっておろう」

その一言がぐさりと千鶴の胸に突き刺さった。

宗像は淫獣《いんじゅう》のように眼をぎらつかせて、荒々しく千鶴の帯をほどいた。花色辻模様の小袖がはらりとすべり落ちる。下は白繻子《しろじゅす》の長襦袢《じゅばん》である。

「お、おやめください」

宗像の手を振り払い、千鶴は這いつくばって必死に逃げた。

すかさず足首をつかんで引き戻すと、宗像は千鶴の背中に馬乗りになって腰ひもをほどき、白繻子の長襦袢を引き剝《は》いだ。白い背中がむき出しになる。

「この期《ご》におよんで無駄なあがきはやめるんだな」

宗像は千鶴の両手をうしろに回し、ほどいた腰ひもで両手首をしばり上げた。

あらがうすべもなく、千鶴はうつ伏せになったまま体を小きざみに震わせている。

「ふふふ、そなたの体、とくと拝ませてもらおう」

卑猥《ひわい》な笑みを浮かべながら、うつ伏せになっている千鶴の体をごろりと反転させると、宗像は燭台《しょくだい》を引き寄せて、千鶴の裸身になめるような視線を這わせた。

白磁のようにつややかな肌、ふっくらと盛り上がった胸、くびれた胴、張りのある腰、身につけているのは白綸子《しろりんず》の二布《ふたの》（腰巻）だけである。

千鶴は身を固くしたまま、恥辱《ちじょく》に耐えるように眼を閉じている。

宗像の手が千鶴の胸にのびた。乳房をわしづかみにしてゆっくり揉みしだく。

「やわらかい。まるで搗《つ》きたての餅《もち》のようじゃ」

つぶやきながら、羽織を脱いで千鶴の上にのしかかり、乳房を口にふくんだ。

千鶴は口を引きむすんだまま必死に耐えている。

宗像の手が腰の二布にかかった。

「あ、それは、それだけはお許しください」

千鶴が身をよじって抵抗する。

「恥ずかしいか」

といいつつ、宗像は容赦なく二布を引き剝いだ。文字どおり一糸まとわぬ全裸である。

抜けるような肌の白さが、股間に茂る秘毛の黒さをいっそう際立たせている。

宗像が恥丘をなで下ろしながら、

「ふふふ、たまらんのう。この手ざわりは」

ひとしきり秘毛の感触を楽しんだあと、いきなり切れ込みに指を差し込んだ。

「あっ」

と千鶴がのけぞる。

「どうだ、よいか」

指先で壺の中をこね回す。おののくように肉襞《にくひだ》がふるえている。

宗像はおもむろに立ち上がって着物を脱ぎ捨て、袴《はかま》を引き下ろして下帯をはずした。

齢のわりに引き締まった体である。屹立《きつりつ》した一物も並以上に大きい。

宗像は、足を大きく開いて千鶴の顔の上にまたがると、両膝をついて怒張《どちょう》した一物を千鶴の口に押し当て、

「なめろ」

といった。千鶴は貝のように口を引きむすんでそれを拒絶した。

「わしのいうことが聞けんのか」

「…………」

「ならば致し方あるまい」

怒気をふくんだ声でそういうと、宗像は千鶴の上体を抱え起こし、両足をあぐ

らに組ませた。両手はうしろ手にしばられたままである。両足首を大腿部の付け根に乗せて座禅《ざぜん》を組んだ形にすると足はほどけない。

その形で前に押し倒す。ごろんと前のめりに倒れて千鶴の顔が畳につく。ちょうど額と膝の三点で体を支えた恰好になり、尻が高々と浮いて、菊の座と切れ込みがあらわにさらけ出される。これは牢屋役人が女囚を牢から引っ張り出してひそかに楽しむときに用いる「座禅ころがし」という責め方である。

宗像が舌なめずりしながら尻の奥をのぞき込んだ。燭台の明かりを受けて、薄桃色の切れ込みがぬめぬめと光っている。千鶴にとっては全身から火が噴き出るほど恥ずかしく、屈辱的な恰好であった。

「ふふふ、なんとみだらな姿よのう」

つぶやきながら、怒張した一物を切れ込みにあてがい、ずぶりと突き挿した。

「あぁッ」

たまらず千鶴が悲鳴を上げた。宗像が激しく腰をふる。一物が肉壁を突き上げる。そのたびに下腹に鈍痛が奔《はし》る。千鶴は歯を食いしばって耐えた。

「千鶴、わしの側女《そばめ》にならんか」

わめきながら宗像が責める。

「さ、いえ！　わしの側女になるといえ！」

千鶴の尻を平手で叩きながら、宗像はわめきつづける。やがて、

「う、うおーッ」

雄叫びのような声を発して、宗像は果てた。千鶴は死んだように弛緩《しかん》している。

精を放って萎えかけた一物を指で二、三度しごき、宗像はふたたび千鶴の壺にそれを挿し込んだ。あまりの激しさと執拗《しつよう》さに、千鶴は気を失いかけながら、

（こうなることを兄上は知っていたのだろうか）

薄れる意識の中で、ぼんやりそんなことを考えていた。

第三章　人身御供《ひとみごくう》

1

市谷八幡《いちがやはちまん》の時の鐘が五ツ（午後八時）を告げてから半刻（一時間）あまりたっている。

屋敷の居間で、松尾新之助は苛立《いらだ》つように酒をあおっていた。

ふだんはめったに口にすることのない酒をすでに二合も飲んでいる。眼が真っ赤に充血し、心ノ臓が早鐘のように高鳴っている。

縁側の障子はすべて開け放ってあるが、まったくの無風で、湿気をふくんだ夜気がどろんと淀んでいる。息苦しいほど蒸し暑い夜である。

何を気迷ったか、一羽の白い蝶が部屋の中に飛び込んできて、燭台《しよくだい》の明かりのまわりをあわあわあわと舞いはじめた。

新之助は盃をかたむけながら、うつろな眼でそれを見ている。

じじっ。

と音がして、燭台の灯がかすかに揺れた。次の瞬間、白い蝶は一片の紙のようにふわりと畳の上に落下した。燭台の灯に焼かれて死んだのである。

それを見て、新之助の脳裏に卒然と忌まわしい光景がよぎった。宗像典膳の腕の中で身もがく千鶴だった。千鶴の白い裸身と白い蝶の死骸が重ね映しになった。

「畜生！」

うめきながら、新之助は飲みかけの盃を庭に投げ捨てた。

がちゃん、と音がして盃が砕け散った。

そのとき、音もなく襖が開いて、敷居ぎわに人影が立った。千鶴である。髪が乱れ、色白の顔はさらに白く蒼ざめ、虚脱したように立ちすくんでいる。

「千鶴か、遅かったな」

新之助はつとめて平静をよそおった。

「兄上」

消え入るような声でそういうと、千鶴は折り崩れるようにその場に座り込んだ。

「どうした」

「兄上は知っていたのですね」

「何のことだ」

「宗像さまに……、穢《けが》されました」

肺腑《はいふ》をしぼるような声だった。

さすがに新之助は動揺した。千鶴の口からそのことを聞きたくなかった。どんなにつらくても、恥をしのんで自分の胸に納めておくのが武家の女のたしなみであろう。

(おれもつらいのだ)

そういってやりたかったが、あえてその言葉を飲み込んだ。

千鶴は畳に突《つ》っ伏《ぷ》して嗚咽《おえつ》した。

「泣くな、千鶴」

「………」

「すべては松尾の家名を守るためなのだ」

はっ、と千鶴が顔を上げた。

「今夜のことは、もう忘れるがいい」

冷然といい放ち、新之助は苛立つように部屋を出ていった。

涙に濡れた千鶴の眼がじっと一点を見つめている。視線の先にあるのは、畳の上に落ちている白い蝶の死骸《しがい》だった。

千鶴はよろめくように立ち上がり、蝶の死骸をそっとつまみ上げて裸足のまま庭に下り立つと、植え込みのそばに蝶の死骸を埋めて、自分の部屋にもどった。

鏡台の前に座り込むなり、千鶴は何を思ったか、着物の胸元を大きく広げ、自分の乳房を手鏡に写してしげしげと見た。

乳首のまわりに点々と赤紫の痣《あざ》がついている。宗像典膳に蛭《ひる》のように吸いつかれた痕《あと》である。うつろにそれを見つめる千鶴の顔に、ふっと笑みがわいた。

「そう。松尾の家名を守るためなのよ。これは……」

自分にいい聞かせるように小さくつぶやきながら、千鶴はまたふっと笑った。

自嘲《じちょう》とも怨嗟《えんさ》ともつかぬ謎めいた笑みである。頰の涙はもう乾いていた。

日本橋の南、通り一、二丁目に隣接して呉服町《ごふく》という町屋がある。

昔は、この町に呉服商が多く住んでいたところからその名がついたのだが、現在は大小の酒問屋が軒を並べ、諸国の銘酒はほとんどこの町に集まっていた。

樽新道《たるしんみち》の角に、創業八十年の歴史を誇る『結城屋《ゆうき》』という老舗《しにせ》の呉服問屋があった。周囲の酒問屋を睥睨《へいげい》するような二階建ての重厚な店がまえである。

軒端《のきば》にかかげられた「御公儀御用達」の看板が、まさに錦《きんじょう》上花を添えるがごとく、この店の格式と伝統をきわ立たせている。店に出入りする客たちも、武家の奥向きや富裕商人の内儀《ないぎ》ばかりで、終日店内は賑わっていた。

「毎度ごひいきいただきまして、ありがとう存じます」

客を送り出した番頭の与兵衛《よへえ》が、ふと不審な眼で表通りを見やった。

筋向かいの路地角で、眼つきのするどい破落戸《ごろつき》ふうの男がさり気なく店の様子をうかがっている。

（また、あの男だ）

与兵衛の顔が険しく曇《くも》った。三日前にも男の姿を見かけたのである。そのときも、男は同じ場所に立って店の様子をうかがっていた。

与兵衛が怪しむように見ていると、男は何食わぬ顔で人混みの中へ消えていった。

——金蛇《かなへび》の安《やす》。

男の通り名である。本名は安蔵《やすぞう》。根津界隈《ねづかいわい》を縄張りにしている地廻りである。

安蔵が向かった先は、日本橋駿河町の呉服問屋『伏見屋』だった。この店も『結城屋』に引けをとらぬ豪壮な店構えである。

安蔵は、店の裏手にまわって、板塀の切戸口《きりとぐち》から中に入り、手入れの行き届いた中庭を横切って母屋に足を向けた。

濡《ぬ》れ縁《えん》で盆栽《ぼんさい》の手入れをしていたあるじの宗右衛門が、気配に気づいて振り向き、

「あ、安蔵さん、お待ちしておりましたよ」

満面に笑みを浮かべて、安蔵を部屋の中に招じ入れ、

「お暑うございますな。どうぞこれをお使いください」

と団扇《うちわ》を差し出した。それを受け取ると、安蔵は襟元《えりもと》をぐいと押し広げて汗まみれの胸ぐらに団扇で風を送りながら、

「一服つけさせてもらうぜ」

かたわらの煙草《たばこ》盆を無遠慮に引き寄せると、煙管《きせる》に煙草をつめて火をつけ、う

まそうに吸い込んだ。

「で、どんな塩梅《あんばい》でしょうか」

宗右衛門が急《せ》き込むように訊く。

「旦那が思ってるほど簡単にはいきやせんぜ」

吸い込んだ煙をふうっと吐き出しながら、安蔵がそっけなく応えた。

「そうですか」

宗右衛門は、やや落胆したように眼を伏せた。

安蔵に『結城屋』の内情を探らせたのは、じつはこの宗右衛門である。

「御公儀御用達」の金看板を手に入れるために、小普請組支配・坂崎勘解由に多額の金品を贈り、奥右筆・宗像典膳に口利きを依頼したものの、

「もうしばらく待ってくれ」

の一点張りで、一向に色よい返事が返ってこない。むろん宗像典膳にもそれなりの事情があるのだろう。手間と時間がかかるのは致し方ないが、待つにも限度がある。

現在、「御公儀御用達」の金看板をかかげている呉服商は、家康《いえやす》の時代から幕府の呉服御用をつとめている後藤縫殿助《ごとうぬいのすけ》と、創業八十年の伝統を誇る『結城屋』

和兵衛《わへえ》の二人だけであった。

いずれも大奥に強い人脈を持ち、年間数千両といわれる大奥女中たちの衣裳を、この二人が独占していたために、新規参入はきわめて難しかった。いかに宗像典膳といえども、大奥の女権社会に食い込むのは容易なことではない。

そこで宗右衛門が考えたのは、安蔵に『結城屋』の醜聞や不祥事を捏造《ねつぞう》させ、「御公儀御用達」の座から蹴落とそうという奸黠《かんかつ》な企みであった。

ところが、安蔵の調べによると、

「結城屋の連中は堅物《かたぶつ》ばっかりで、付け入る隙がまったくねえんですよ」

ということだった。宗右衛門は困惑げに吐息をついて、

「ほかに何か妙案はありませんかねえ」

「下手な小細工はやめて」

ぽんと煙管の火を灰吹きに落とし、安蔵がこともなげにいった。

「いっそのこと消しちまったらどうです？」

「消す？」

「結城屋を丸ごと消しちまうんですよ」

「そんなことができるんですか」

「ちょいと荒っぽい仕事になりやすがね。できねえことはありやせんよ」

「安蔵さん」

宗右衛門の顔が強張《こわば》った。安蔵が何を考えているのか、とっさに読み取ったのである。

「その話、手前は聞かないことにいたしましょう」

「やめるんですかい」

「いえ、安蔵さんにおまかせします」

「この仕事、金がかかりますぜ」

「いかほどで？」

「人手を集めるのに三十両、あっしの手間賃が十両」

「わかりました」

立ち上がって、部屋の奥の手文庫《てぶんこ》から切り餅二個（五十両）を持ってくると、

「口止め料十両を上乗せさせていただきます。手前はいっさい関知しませんので、その旨よろしくおふくみおきのほどを」

といって、安蔵の前に置いた。

「へへへ、じゃ」

切り餅をわしづかみにしてふところにねじ込むと、安蔵は猫のように背を丸めて小走りに立ち去った。


それから半刻（一時間）後――。

根津権現《ごんげん》門前町の雑踏の中に、安蔵の姿があった。

根津は江戸屈指の岡場所である。「天保の改革」の風俗取り締まりによってしばしば手入れを受けたが、それにもめげず水茶屋や料理茶屋に名を借りて遊女屋をいとなむ者があとを絶たなかった。

参詣人《さんけい》で賑《にぎ》わう門前通りから一歩裏路地に足を踏み入れると、青簾《あおすだれ》を垂《た》らした小家《こいえ》が軒をつらね、路地のあちこちに怪しげな男や白首女たちがたむろしていた。

安蔵はその路地の一角にある『甚八《じんぱち》』という小さな居酒屋に入っていった。外の明るさに較べると、店の中は夕暮れのように薄暗い。
四、五人の客が昼間から安酒を食らっていた。職人ていの男や人足風情《にんそく》、垢《あか》じみた浪人者などである。安蔵は奥の席で猪口《ちょこ》をかたむけている浪人のもとに歩み寄り、

「先生」

と低く声をかけて、その前に腰を下ろした。

「おう、金蛇か」

浪人がぎろりと見上げた。伸び放題の月代《さかやき》、窪《くぼ》んだ眼、頬がげっそりとそげ落ちて、見るからに荒《すさ》んだ風貌をしている。齢、二十九。名は郷田庄九郎《ごうだしょうくろう》という。

この手の浪人が根津界隈には掃《は》いて捨てるほどいた。

「いい仕事を見つけてきたんですがね」

安蔵が顔を寄せるようにしていった。

「金になるのか」

「なりますとも」

郷田の双眸に貪欲な光がよぎった。

「どんな仕事だ？」

「腕の立つご浪人さんを二、三人集めてきてもらいたいんです。くわしい話はそれからということで」

「わしの取り分はいくらだ」

「五両」

「悪くないな」

郷田が黄色い歯をみせて笑った。

2

小《こ》ぬか雨《あめ》が降っている。

梅雨《つゆ》入りを思わせるような陰鬱《いんうつ》な雨である。

仙波直次郎は、番傘をさして桜川の南岸の道を歩いていた。

奉行所からの帰りである。比丘尼橋から京橋、白魚橋《しらうお》をへて八丁堀の組屋敷に帰るのがいつもの道順である。京橋の南詰にさしかかったとき、

「仙波さま」

小走りに駆け寄ってくる初老の男がいた。日本橋呉服町の呉服問屋『結城屋』の番頭・与兵衛である。

「よう、与兵衛さんか。久しぶりだな」

「ご無沙汰《ぶさた》いたしております」

与兵衛は傘をさしながら、小腰をかがめて丁寧《ていねい》に挨拶した。

呉服問屋『結城屋』は、直次郎がかつて定町廻《じょうまちまわ》りをつとめていたころの廻り先で、盆暮《ぼんくれ》の付け届けはもとより、店に立ち寄るたびになにがしかの心付けをくれる、いわば直次郎の〝得意先〟の一つだった。

三十俵二人扶持《ににんぶち》の薄禄《はくろく》の御家人とはいえ、廻り方をつとめていると、そうした役得《やくとく》が月に十二、三両あり、二、三百石の下級旗本よりはるかに裕福な暮らしができた。

だが、いまの直次郎は正真正銘の貧乏同心である。

「どこへ行くんだ？」

直次郎が訊いた。

「仙波さまのお組屋敷におうかがいしようと思っていたところでございます」

「おれの家に？」

「手前どものあるじが仙波さまにご相談したいことがあると申しまして」

「店にいるのか」

「いえ、この近くに一席もうけましたので。手前がご案内いたします」

与兵衛が背を向けて歩き出した。直次郎は黙ってついて行く。

京橋を渡って、畳《たたみ》町三丁目の道を左に曲がったところで、

「こちらでございます」

と、与兵衛が足を止めたのは、小粋《こいき》な造りの料亭『梅之家《うめのや》』だった。すでに軒《のき》行燈《あんどん》に灯《ひ》が入っている。与兵衛は格子戸を引き開けて中に入り、応対に出た仲居に、

「仙波さまをご案内してくれ」

と、いいおいて、

「手前は仕事がございますので、ここで失礼いたします」

一礼してそそくさと立ち去った。

仲居に案内されて二階座敷に上がると、『結城屋』のあるじ和兵衛が両手をついて、

「雨の中、お運びいただきまして恐縮にございます」

深々と頭を下げた。和兵衛は『結城屋』の四代目当主である。齢は四十三。書画に造詣《ぞうけい》が深く、みずからも筆を能《よ》くする文人肌《ぶんじんはだ》の温厚な男である。

豪華な酒肴《しゅこう》の膳部がしつらえてあった。その前にどかりと腰を下ろし、

「どうだい？　変わりはねえかい」

直次郎がいった。

「おかげさまで。仙波さまもご健勝で何よりでございます」

「元気なだけが取り柄《え》だからな」

「ご謙遜《けんそん》を……。ささ、どうぞ」

和兵衛が酒をつぐ。それを受けてぐびりと喉に流し込みながら、

「で、おれに相談ってのは？」

直次郎が訊いた。

「じつは、手前どもの店の周辺に不審な男がうろつくようになりまして」

番頭の与兵衛が目撃した男――安蔵のことである。

「不審な男？」

「どうやら店の様子をうかがっているようなのです」

「ほう」

「ひょっとしたら、押し込みや盗《ぬす》っ人《と》一味の下見ではないかと」

「なるほど、そいつは心配だな」

「与兵衛の思い過ごしならいいんですが」

「番所には届け出たのかい？」

「ええ、でも実際に被害にあったわけではないので、奉行所が動くほどのことで

はないと、けんもほろろに追い返されました」

「役所なんてそんなもんよ」

直次郎は皮肉に笑った。

「仙波さまへのご相談と申しますのは――」

和兵衛が空になった直次郎の盃に酒をつぎながら、用心のために夜間の警備をお願いできないかといった。直次郎の剣の腕を見込んでの個人的な依頼である。

「つまり用心棒か」

「夜の四ツ（午後十時）から明け七ツ（午前四時）までの三刻（六時間）。もちろん相応のお手当ては支払わせていただきます」

直次郎はちょっと思案したあと、単刀直入に訊いた。

「一晩いくらだ？」

「二分でいかがでしょうか」

三刻の夜番で二分は破格の報酬である。二日つとめれば一両になる計算だ。武士の内職としては、こんな割りのよい仕事はない。

「よし、わかった。その仕事請《う》けようじゃねえか」

「ありがとう存じます。仙波さまに夜番をしていただければ、手前どもも心づようございます」

安堵の笑みを浮かべて、和兵衛が頭を下げた。

酒を酌みかわしながら半刻ほど談笑したあと、直次郎はいったん八丁堀の組屋敷にもどった。

「お帰りなさいまし」

と玄関で出迎えたのは、妻の菊乃である。心《しん》ノ臓《ぞう》に持病をかかえているせいか、顔色が紙のように白い。深窓《しんそう》の佳人《かじん》を想わせる楚々《そそ》とした美人である。

齢は直次郎より五ツ下の二十六。惚《ほ》れて一緒になった恋女房である。

「あら」

と菊乃が直次郎の顔を見て、

「お酒、召し上がってきたんですか」

「ああ、帰りがけに呉服町の『結城屋』のあるじに行き合ってな」

直次郎は白衣《びゃくえ》（普段着）に着替えながら、和兵衛から頼まれた件をかいつまんで話した。

「大丈夫なんですか。夜のお仕事なんて」

「大丈夫って、何が？」

「あなたの体のことを心配してるんですよ」

「それなら心配はいらん。一晩じゅう起きてるわけじゃないからな。適当に仮眠はとるさ」

「くれぐれも無理をなさらないでくださいね」

「それより、おまえのほうはどうなんだ？」

「お薬のおかげで、このところ癪《しゃく》は止まっています。今日は久しぶりに青物《あおもの》町まで買い物に行ってきました」

菊乃がにっこり微笑《わら》った。

「そうか。それはよかった」

「夕食はどうします？」

「できてるのか」

「ええ」

「じゃ、それを食ってから出かけよう」


四ツ（午後十時）少し前に、身支度をととのえて組屋敷を出た。

雨はやんでいたが、あいかわらず空はどんより曇っている。

直次郎は提灯をぶら下げて呉服町に向かった。八丁堀から呉服町までは四半刻（約三十分）もかからない。

『結城屋』の大戸は下ろされていたが、くぐり戸のかんぬきははずされていた。戸を引いて中に入ると、帳場に明かりが灯っていて、番頭の与兵衛が帳合わせをしていた。

「あ、仙波さま」

と与兵衛が振り向いて、

「ご苦労さまでございます」

丁重《ていちょう》に挨拶をした。気配に気づいて、奥からあるじの和兵衛も出てきた。

「先ほどは失礼いたしました。どうぞお上がりくださいまし」

と、直次郎をうながして、帳場のわきの六畳の部屋に案内した。

その部屋には、仮眠がとれるように蒲団がしきのべてあり、枕辺には有明行燈《ありあけあんどん》（常夜燈）が置いてあった。茶盆や人情本、それに夜食のにぎり飯も用意してある。

「では、手前どもはお先に失礼いたします」

一礼して和兵衛と与兵衛は立ち去った。

直次郎は、腰の刀を引き抜いて壁に立てかけ、

「何から何までいたれりつくせりだ」

満足げにつぶやきながら、蒲団の上にどかりと腰をすえた。夜番というより、まるで賓客をもてなすような心づかいである。

直次郎は蒲団に腹這いになって人情本を開いた。

為永春水《ためながしゆんすい》の『春色梅児誉美《しゆんしよくうめごよみ》』である。

江戸市井《しせい》の男女の恋を情緒たっぷりの文章でつづったこの作品は、武家町民を問わず、若い婦女子に圧倒的な人気を博《はく》していた。

読み進めてゆくうちに、いつしか直次郎も春水の描く男女の濃厚な情痴の世界に引き込まれていった。ちなみにこの作品が風俗に害をおよぼすとして発禁処分となり、作者の為永春水が五十日の手鎖《てぐさり》の刑に処せられたのは、この年（天保十三年）の六月のことである。

本石町《ほんこくちよう》の時の鐘が鳴りはじめた。子《ね》の刻（午前零時）を告げる鐘である。

いつの間にか、直次郎は高いびきをかいて眠りこけていた。

結局、その夜はなにごともなく無事に明けた。

翌日も、翌々日も、直次郎は『結城屋』に通いつめた。その間に『春色梅児誉

美』二編を読み切り、四夜目からは柳亭種彦《りゅうていたねひこ》の長編戯作『偐紫田舎源氏《にせむらさきいなかげんじ》』を読みはじめた。

花の都の室町《むろまち》に　花を飾りし一構《ひとかまえ》　花の御所とて時めきつ
あさひの昇るいきおひに　文字も縁ある東山

の書き出しではじまるこの作品は、古典の代表作『源氏物語』に材を得て、大奥女中たちの実態を活写した、いわばパロディ小説である。この作品も発表と同時に大好評を得たが、天保の改革の筆禍《ひっか》を受けて、六月に発禁処分となった。


江戸の空をおおっていた分厚い雲が晴れて、久しぶりに陽が差してきた。

五日ぶりの晴れ間である。

根津権現社の門前町にも、いつもの賑わいがもどってきた。

参道には屋台や床店《とこみせ》が立ち並び、境内は参詣人の人波であふれ、祭りのような喧騒《けんそう》と活気がみなぎっている。その雑踏の中、人混みを縫うようにして、せかせかと歩いて行く男の姿があった。〝金蛇の安〟こと、地回りの安蔵である。

安蔵が足を向けたのは、裏路地の居酒屋『甚八』だった。縄のれんを割って中に入ると、片隅の席でむっつりと酒を飲んでいた郷田庄九郎が、

「おう」

と手を上げた。安蔵はその前に腰を下ろして冷や酒を注文した。

「どんな様子だ？」

郷田が訊く。

「近ごろ、『結城屋』に南町の同心が出入りしているようで」

「町方が」

郷田の顔が険しく曇《くも》った。

「噂によると『結城屋』が金を払って夜番を頼んだとか」

「廻り方なのか、その同心は」

「いえ、役所詰めだそうです」

「ならば恐れることはあるまい」

郷田は鼻でせせら笑い、猪口の酒を一気に飲みほすと、

「金蛇」

と安蔵の耳もとに顔を寄せて、小声でいった。

「手はずどおり、今夜だ」

「人数はそろってるんで？」

「抜かりはない。腕の確かな者を四人集めた。今夜九ツ（午前零時）わしの長屋にきてくれ」

いいおいて、卓の上に酒代を置くと、郷田は何食わぬ顔で店を出ていった。

3

四更《しこう》――丑《うし》の刻（午前二時）。

蒲団に腹這いになって『修紫田舎源氏』を読みふけっていた直次郎は、かすかな物音を聞いて、むっくり起き上がった。

ぎし、ぎし、ぎし……。

物音は店のほうから聞こえてくる。何かがきしむ音である。

直次郎は、壁に立てかけた大刀を持って部屋を出ると、足音をしのばせて店に向かった。

くぐり戸がかすかなきしみ音を立てている。

直次郎はそっと土間に下り立った。くぐり戸の隙間から小柄《こづか》の刃先がのぞいている。何者かが戸の隙間に小柄を差し込み、かんぬきをはずそうとしているのだ。

直次郎の右手が刀の柄にかかった。左手はすでに鯉口を切っている。

かたん。

と音がして、くぐり戸のかんぬきがはずれた。

その瞬間、直次郎は戸を引き開けて、矢のように表に飛び出した。と同時に、三つの黒影がはじけるように跳び下がり、身をひるがえして闇の深みに走り去った。

「待ちやがれ！」

直次郎が猛然と追う。三つの黒影は外濠沿いの道を北に向かって逃げてゆく。

一石橋の南詰にさしかかったところで、ふいに三つの影が足を止めて振り向き、刀を抜き放って直次郎の前に立ちはだかった。いずれも獰猛《どうもう》な面《つら》がまえの浪人者である。

「かかったな、八丁堀」

一人が低くいった。だが、直次郎にはその言葉の意味を考える余裕がなかった。三人がいきなり斬撃《ざんげき》を送ってきたからである。

しゃっ。

直次郎の抜きつけの一閃《いっせん》が飛んだ。心抜流居合術の逆袈裟《ぎゃくげさ》である。一人の手首が刀をにぎったまま宙に舞った。

二人がまったく同時に左右から斬りかかってきた。太刀行きのすさまじい速さが、この二人の剣の腕を明かしている。かなりの遣い手だった。

だが、直次郎の姿はなかった。斬撃と同時に地面を一回転していたのである。

その弾指《だんし》の間《かん》に、直次郎の刀は左右二人の脚を払っていた。

二人が大きくよろめいた。直次郎は、はね起きざま、右の一人の胸を突き刺し、すぐさま左の浪人の背後に回り込んで、真《ま》っ向唐竹《こうからたけ》割りに斬り下げた。さらに手首を切られて地面をのたうち回っている浪人にとどめの一刀をくれると、
ふうっ。

と肩で大きく息をつきながら、直次郎は刀の血ぶりをして納刀した。

そのときだった。直次郎の脳裏に電撃のようにひらめくものがあった。さっきの浪人の言葉の意味に気づいたのである。

（そうか！）

この三人は、直次郎を外におびき出すための囮《おとり》だったのだ。

直次郎の顔が凍りついた。

そのころ。

『結城屋』の中では、地獄絵のような惨劇が起きていた。

三人の侵入者が、逃げまどう家人や奉公人、女中などを手当たりしだいに斬り殺していた。郷田庄九郎と仲間の浪人、そして安蔵の三人である。

三人の犯行は猖獗《しょうけつ》をきわめた。無抵抗の者、命乞《ご》いをする者を無造作に斬り捨て、襖を蹴倒し、障子を突き破って部屋から部屋へと突き進んでゆく。

「お、お金なら差し上げます。どうか命だけはお助けください！」

あるじの和兵衛と番頭の与兵衛が女子供をかばって立ちふさがった。

「金はどこにある？」

郷田が訊く。

「こ、ここにございます」

和兵衛が金箱を差し出すと、郷田はものもいわず拝み討ちに斬り捨てた。

その間に、もう一人の浪人が番頭の与兵衛を斬り殺し、泣きわめく女子供を、安蔵がめった突きにして刺し殺した。情け容赦《ようしゃ》のない鏖殺《おうさつ》である。

「行くぞ、金蛇」

郷田が金箱をかついで安蔵をうながした。

「へい」

と応え、安蔵は部屋のすみの行燈を蹴倒して部屋を飛び出した。

畳に転がった行燈がめらめらと燃え上がった。

立ちのぼる炎が襖をなめて、天井に燃え移ってゆく。

すさまじい勢いで火柱が噴き上がり、部屋の中はたちまち火の海と化した。

三人は中庭を横切って、裏口に走った。

先を走っていた浪人が木戸を引き開けて路地に飛び出したとたん、

「ぎえッ」

と奇声を発して仰向けに転がった。

「どうした」

立ち止まった郷田の足もとに何かが転がってきた。切断された浪人の首である。

度肝を抜かれて後ずさった瞬間、郷田の肩から金箱が落ち、小判がじゃらじゃらと音を立てて地面に散らばった。郷田は、すかさず抜刀して木戸の外を見た。

木戸口の闇溜まりに、凄い形相《ぎょうそう》の直次郎が立っていた。

「き、貴様は！」

「許せねえ！」

直次郎が斬り込んできた。郷田は一間（約一・八メートル）ばかりうしろに跳んで、右八双《みぎはっそう》に構えた。

直次郎の剣尖は下を向いている。腰をやや落とし、下から逆胴《さかどう》をねらう構えである。

郷田がしきりに足をすって、右に左に体を移動させる。直次郎をさそい込もうとしているのだ。腰を落としたまま、直次郎もすり足でじりじりと間合いを詰める。

突然……、
あたりが白昼のように明るくなった。

『結城屋』の母屋の屋根を突き破って、轟然《ごうぜん》と火柱が噴き上がったのである。

紅蓮《ぐれん》の炎が逆巻き、無数の火の粉が舞い落ちてくる。

巨大な炎の幕が、対峙する二人の姿を、くっきりと照らし出した。

降りそそぐ火の粉、吹き荒れる熱風。直次郎と郷田は、睨み合ったまま一歩も動こうとはしない。

両者の間合いは二間（約三・六メートル）、炎を背にしているのは郷田のほうである。熱風がまともに背中に吹きつける。郷田の顔に脂汗《あぶらあせ》がにじんできた。

さすがに耐えかねたのか、無声の気合を発して郷田が斬りかかってきた。

その一瞬を、直次郎は待っていた。郷田の切っ先を〝一寸の見切り〟でかわし、下から一気に薙《な》ぎ上げた。必殺の逆胴斬りである。手応えは十分だった。

数瞬、郷田の体が静止し、それからゆっくり前のめりに崩れ落ちていった。

深々とえぐられた脇腹から血まみれの内臓が飛び出している。

刀の血しずくを振り払って鞘に納めると、直次郎は四辺にするどい眼をくばった。

安蔵の姿が消えている。

にわかに表通りが騒がしくなった。

火事に気づいて近隣の人々が飛び出してきたのであろう。悲鳴、叫喚、怒号が飛び交っている。けたたましく半鐘が鳴りはじめた。

直次郎はすばやく翻身して闇の彼方に走り去った。


一夜、明けて。

江戸市中に激震が奔《はし》った。

老舗の呉服問屋『結城屋』に賊が押し入り、一家皆殺しにしたあげく、家に火をかけて逃走したのである。近ごろ、これほど残虐非道な事件は例をみない。風俗取り締まりや、奢侈《しゃし》禁止令の違反者の摘発に血道をあげていた町奉行所も、さすがに座視《ざし》できず、重い腰をあげて探索に乗り出した。

夕刻――。

仙波直次郎は定刻よりやや早めに奉行所を出て、日本橋呉服町に足を向けた。

『結城屋』は跡形《あとかた》もなく燃えつきていた。

焼け落ちた家屋の残骸から、まだ黒煙が立ちのぼっている。くすぶりつづける瓦礫《がれき》の山を、町火消しの鳶《とび》の者たちが黙々と片づけていた。

直次郎は焼け跡に手を合わせた。

痛恨のきわみである。

囮作戦にまんまと乗せられたおのれが情けなかった。あのとき三人の浪人が囮だと気づいていれば、別働隊の侵入を阻止できたかもしれない。それを思うと胸が切り裂かれるように痛んだ。

ふいに背後からぽんと肩を叩く者がいた。振り向くと、秋元彦四郎が立っていた。

「おう、彦四郎か」

「ひどいもんだな」

眉間《みけん》に縦皺《たてじわ》を寄せて、彦四郎は焼け跡を見渡した。

「検分にきたのか、おぬしも」

「ああ、城の目と鼻の先で起きた事件だからな。目付衆も動き出したそうだ」

「まだ仕事があるのか」

「いや、今日は終わりだ」

「そのへんで一杯やらんか」

「ああ」

二人は、樽新道の煮売屋に入った。時間が早いせいか、店の中は空いている。

小女に冷や酒と野菜の煮つけ、烏賊《いか》の沖漬《おきづけ》を注文して、窓際の席に座った。

「どうも気になることがある」

運ばれてきた酒を猪口につぎながら、彦四郎がいった。

「どんなことだ」

「『結城屋』の焼け跡から浪人の死骸が二体。それに一石橋の南詰で三人の浪人の斬殺死体が見つかった。その五人が押し込みの一味だとすると、事件直後に仲間割れがあったということも考えられるのだが、ただ……」

といって、猪口の酒をぐびりと飲みほし、

「場所が離れすぎているのが気になるのだ」

「………」

直次郎は黙っている。事実を打ち明けるべきかどうか迷っていた。数瞬の沈黙のあと、意を決するように顔を上げて、

「じつをいうと、その浪人どもはおれが斬ったのだ」

「えっ」

彦四郎が瞠目《どうもく》した。

直次郎は、『結城屋』のあるじ・和兵衛から夜番を頼まれたいきさつと、昨夜の事件の一部始終をつつみ隠さず話した。

「あれは、おれの失態だった。もっと早く囮に気づいていれば『結城屋』一家は殺されずにすんだのだが」

あらためて悔恨と慙愧《ざんき》の念がこみ上げてくる。

「そういうことだったのか」

彦四郎が意外そうにうなずきながら、

「だが、それはおぬしの責任ではない」

慰撫《いぶ》するようにいって二杯目の酒を飲みほした。

「むしろ手柄といっていい。一味五人をおぬしが成敗したわけだからな」

「いや、一人だけ取り逃がした」

「ほかにもまだいたのか」

「ああ、暗がりで顔は定かに見えなかったが、破落戸ふうの男だった」

「浪人一味を手引きしたのは、そいつかもしれんな」

「うむ」

「その話、目付衆に伝えておこう」

「あ、いや、それは」

「わかっている。おぬしから聞いたことは内緒だ。おれが調べたことにする」

「かたじけない」

直次郎は頭を下げた。浪人一味を斬ったことより、『結城屋』で夜番をしていたという事実が表沙汰になるのを、直次郎は恐れたのである。

この時代、武士の副業は固く禁じられていた。提灯張りや虫籠《むしかご》作り程度の手内職なら黙認されたが、江戸の市政にたずさわる町方同心が特定の商家の依頼を受けて、それも破格の手当てをもらって夜番をつとめていたとなると、明らかに服務規定に違反する。

へたをすれば背任・収賄《しゅうわい》の嫌疑さえかけられかねないのだ。

むろん彦四郎もそのことは百も承知である。口が裂けても直次郎の名は出すまい。

いつの間にか、二本の徳利《とっくり》が空になっていた。

直次郎がさらに追加の酒を頼もうとすると　彦四郎が手を振って、

「酒はもういい。出よう」

といって腰を上げた。眼のふちが赤く染まっている。若いころは底なしの酒豪だったが、齢のせいで弱くなったのだろう。無理にはすすめず、直次郎は酒代を払って店を出た。

4

短い梅雨が明けて、江戸は本格的な夏を迎えていた。

旧暦の六月を水無月《みなづき》という。字義どおり、この時期は例年雨が少ない。夕暮れになると、両国界隈は涼をもとめる人々で混雑し、大川の川面《かわも》には大小の納涼船の船明かりが星のようにきらめきはじめる。

本所入江《いりえ》町の時の鐘が六ツ（午後六時）を告げはじめたとき、両国の船宿『船《ふな》松《まつ》』の桟橋から、一艘の屋根舟がゆっくり大川に漕ぎ出していった。

船中で酒を酌みかわしているのは、日本橋駿河町の呉服商『伏見屋』のあるじ・宗右衛門と小普請組支配・坂崎勘解由《かげゆ》である。

「伏見屋、例の件、ようやく決まったぞ」

「さようでございますか」

「近々、姉小路《あねこうじ》さまの使いの者がくるはずだ。御公儀御用達の示達《じたつ》を持ってな」

「ありがとう存じます。これも偏《ひとえ》に坂崎さまのご尽力のおかげでございます」

胴の間に両手をついて、宗右衛門が深々と低頭した。

姉小路は、大奥の万般《ばんぱん》を取り仕切る〝御年寄《おとしより》〟である。俗に「美女三千人」といわれる大奥女中の頂点に君臨し、表でいえば老中に匹敵するほどの絶大な権限を持っていた。

その姉小路が、押し込み事件の惨禍《さんか》によって『結城屋』が消滅したあと、奥右《おくゆう》

たのである。

筆《ひつ》・宗像典膳の強い要請を受けて、『伏見屋』を大奥御用に採用することを決め
「姉小路さまを籠絡《ろうらく》するのに二百両もかかったと宗像さまは申されていた。その手当ても忘れるでないぞ」

「心得てございます。さっそく明日にでも宗像さまのお屋敷にご挨拶にうかがいます」

「それにしても」

酒杯を口に運びながら、坂崎が意味ありげに笑った。

「あの『結城屋』が一夜にして消えて無くなるとはのう。世の中、わからんものだ」

「『結城屋』さんにはお気の毒なことですが、手前どもにとって、あの事件は思わぬ僥倖《ぎょうこう》。おかげで積年の悲願もようやく成就《じょうじゅ》いたしました」

宗右衛門がぬけぬけという。一見温厚そうな風貌をしているが、そのじつ、ずるがしこく、冷徹で計算高い。そういう男である。現にいまも、悪びれる様子はまったくない。

「ふふふ、思わぬ僥倖か……。物はいいようだな」

「は？」

「伏見屋、世間の眼はだませても、わしの眼はだませんぞ」

「御前《ごぜん》」

宗右衛門の顔が硬直した。それを見て、

「はっははは」

坂崎が急に大口《おおぐち》を開けて笑い飛ばした。

「隠すより顕《あらわ》れる、と申すからのう。その顔が何よりの証《あかし》じゃ」

また呵々《かか》と笑った。つられて宗右衛門も苦笑を浮かべた。坂崎は言外に成功報酬を催促しているのである。もっとも坂崎からさそいがあったときから、

（また金の催促か）

と覚悟していたので、それなりの金子《きんす》は用意してきた。

「ご賢察、恐れ入ります。些少《さしょう》でございますが、どうぞご笑納《しょうのう》くださいまし」

持参してきた袱紗《ふくさ》包みを差し出すと、

「うむ」

坂崎は当然のごとく受け取って包みを開いた。中身は切り餅四個、百両の金子である。

「これでそちとの取り引きは終わった。しばらく顔を合わせんほうがいいだろう」

「では、今夜が一応中締めということで」

宗右衛門が卑屈な笑みを浮かべて酒をつぐ。

いつしか二人を乗せた屋根舟は永代橋の下をくぐっていた。


城勤めの諸役人の下城時刻は、申《さる》の刻（午後四時）である。

番方（武官）には宿直《とのい》があるが、役方（文官）は定刻どおりに下城する。

奥右筆組頭・宗像典膳も、定刻に城を下がって帰途についた。

宗像の屋敷は本郷菊坂《ほんごうきくざか》にあった。中級旗本の屋敷が立ち並ぶ閑静な武家屋敷街である。

幕臣の屋敷は幕府から下賜《かし》された拝領屋敷、すなわち官舎であり、石高《こくだか》によって建物や敷地の規模は異なった。

宗像典膳は、四百俵高、役料二百俵の旗本である。

屋敷の門構えは片番所付きの長屋門、敷地は七百坪。建物は表と奥の二棟にわかれている。軍役は用人、若党、槍持ち、挟箱《はさみばこ》持ち、中間などに下男下女をふくめて二十五人。四百俵高の旗本としては大所帯である。

玄関の式台に上がると、奥から用人が出てきて、

「先ほど日本橋駿河町の呉服商『伏見屋』の使いの者がたずねてまいりまして」

と、玄関わきの小書院の襖を引き開けた。

床の間に金梨地《きんなしじ》蒔絵《まきえ》の手文庫がおいてある。ほかにも高価な陶磁器や香炉、厨子《ずし》、掛け軸などが山と積まれていた。それらはすべて旗本大名から贈られた賄賂《まいない》である。

宗像は、さり気なく手文庫の蓋《ふた》を取って見た。切り餅が十個ずつ二段に並んでいる。〆《し》めて五百両。『伏見屋』からの礼金であることはいうまでもない。

それを確かめると、宗像は小書院を出て、奥の居間に向かった。

着替えの白衣が用意されている。肩衣《かたぎぬ》と袴《はかま》を脱いで着替えをすませると、見計らったように腰元《こしもと》が茶盆を運んできた。三十五、六の実直そうな女である。

旗本の屋敷内では、主人の身のまわりの世話は妻女ではなく、腰元がやることになっていた。腰元とは「身のまわり」「身辺」という意味である。下級武士の子女や富裕商人の娘などが行儀《ぎょうぎ》見習いのために奉公に上がるのが通例だった。中には主人の手がついて「側女《そばめ》」に出世する者もいた。

以前は、宗像にも側女がいた。いかにも宗像好みの色白の肉感的な女だったが、一年前に胸をわずらって実家《さと》に帰った。……というのが表向きの理由だが、じつは宗像の荒淫《こういん》に耐えかねて暇《いとま》をとったというのが真相である。

それ以来、宗像は側女を抱えていない。屋敷には三人の腰元がいたが、いずれもとうの立った女ばかりで、さすがの宗像も食指が動かなかった。

「お風呂の支度がととのっております」

茶盆を置いて腰元が退出すると、入れ違いに先刻の用人が入ってきて、

「殿、小普請組・松尾新之助の妹と申す女が、殿に御意《ぎょい》を願いたいと」

「松尾の妹が？」

意外そうに振り向いた宗像の顔が、次の瞬間、だらしなくほころんだ。

「そうか。通してくれ」

「はっ」

ほどなく襖がしずかに引き開けられ、敷居ぎわに女が膝をついた。千鶴である。

宗像が口もとに好色な笑みをにじませて、

「ようまいられた。さ、入りなさい」

と招じ入れる。

千鶴が襖を閉めて、ためらいがちに膝行《しっこう》する。能面のように無表情である。

「用向きを聞こう」

「あらためて兄の〝お番入り〟をお願いに上がりました」

聞き取れぬほど細い声で、千鶴はそういった。

「なるほど。つまり、腹を決めたということだな」

「はい」

と、小さくうなずいて、千鶴は眼を伏せた。

「宗像さまのお側にお仕えするつもりでまいりました」

「ふふふ、それは重畳《ちょうじょう》。さっそくその証を見せてもらおうか」

「証？」

千鶴がけげんそうに顔を上げた。

「あるじに服従するのが、侍女たる者の心得であり、忠心なのだ。その証を見せてもらう。さ、立ちなさい」

と千鶴の手を取って立ち上がり、廊下に出た。

宗像に手を引かれ、廊下の奥に行く。突き当たりに湯殿があった。引き戸を開けて中に入る。六畳ほどの板敷きの脱衣場である。

宗像は手早く着物を脱ぎ捨てて裸になると、とまどうように立ちすくんでいる千鶴に、

「そなたも脱ぎなさい」

と命じた。さすがに千鶴は躊躇《ちゅうちょ》した。

「わしの命令にしたがえぬと申すのか」

声をいくらか荒らげていった。千鶴は覚悟を決めたように、というよりも開き直った感じで無造作に着物を脱ぎはじめた。最後の二布《ふたの》（腰巻）を脱ぎ捨てるのにも、もはやためらいはなかった。宗像の眼前に惜しげもなく白い裸身をさらす。

宗像はにんまりと嗤《わら》って、風呂場の板戸を引いた。檜《ひのき》の湯船にたっぷり湯が満たされている。千鶴の手を取って洗い場に立ち、手桶で湯を汲んで体にかけた。きめの細かい、透明感のある千鶴の白い肌が、湯に濡れてつややかに光る。

「座りなさい」

宗像に命じられるまま、千鶴は洗い場の簀《す》の子《こ》の上に膝をそろえて正座した。宗像がその前に立ちはだかる。ちょうど千鶴の顔の前に宗像の一物がぶら下がっ

ている。

「口でやってくれ」

という。痛々しいほど従順に、千鶴はそれを指でつまみ上げ、そっと口にふくんだ。

宗像が両手で千鶴の島田髷《しまだまげ》をつかみ、ぐっと引き寄せた。一物が千鶴の口中に深々と埋没する。腰をふって出し入れする。しだいに一物がふくれ上がる。

「よ、よい。よいぞ、千鶴」

わめきながら、激しく腰をふる。口の中で怒張《どちよう》した一物が脈打っている。千鶴の舌先にもそれが伝わってくる。

「うっ」

と、うめいて宗像が動きを止めた。そしてゆっくり一物を引き抜く。

千鶴の口もとにたらりと白い淫汁《いんじゆう》がしたたり落ちた。気抜けしたように、宗像がどかりと洗い場に腰を落とす。

口もとに垂れた淫汁を手の甲でぬぐいながら、千鶴がふっとうつろな笑みを浮かべて、

「七百石」

ぽつりといった。

「ん？」

「兄に七百石のお役職をお与えくださいまし」

「ふふ、そなたは七百石の人身御供《ひとみごくう》というわけか」

「お約束を」

「わかった。約束しよう。立て」

千鶴が立ち上がると、宗像は千鶴の腰に手をまわして、股間に顔をうずめた。

「あっ」

千鶴の口から小さな声が洩れた。宗像の舌先が切れ込みに触れたのだ。

その部分を執拗《しつよう》に舌で愛撫する。堪《たま》らず千鶴は腰をくねらせた。

宗像の一物がふたたび怒張しはじめた。あぐらをかいて千鶴の腰を引き寄せ、

「座れ」

といった。千鶴は宗像の膝にまたがってゆっくり腰を落とした。垂直にそそり立った宗像の一物が切れ込みに当たる。きゅっと壺口が締まった。

「力を抜きなさい」

千鶴の腰を引いて膝の上に座らせる。抱き合うような形である。一物が深々と

突き挿さった。尖端が壺の奥の肉壁を突き上げる。

「あ、ああ」

かすかなあえぎ声を上げて、千鶴がのけぞる。

宗像はむさぼるように乳房を吸った。吸いながら激しく突き上げる。

心とは裏腹に、いつしか千鶴は忘我の境をさまよっていた。

5

そのころ。

千鶴の兄・松尾新之助は、小石川柳町《やなぎ》の路地を歩いていた。

屋敷の近くの小料理屋で酒を飲んでの帰りである。

この数日、新之助は腹の中をかきむしりたくなるような焦燥《しょうそう》感にとらわれていた。

「お番入り」が少しでも有利に運ぶようにと、妹の千鶴を奥右筆・宗像典膳に差し出したものの、坂崎勘解由からは何の知らせもなかった。あれから十日あまりたつのに、まったくの梨《なし》のつぶてである。

その苛立《いらだ》ちをまぎらわせるために、新之助は夕方になると屋敷を出て、行きつけの小料理屋で飲みつけない酒を食らっていたのである。

市谷八幡の五ツ（午後八時）の鐘が陰々と鳴りひびいている。

屋敷の門は閉ざされていた。くぐり戸から中に入る。使用人たちはもう床についたのだろう。邸内はひっそり静まり返っている。

居間の襖を開けて、中に入った。燭台《しょくだい》に灯がともっている。

新之助の眼がふと文机の上に留まった。折り畳んだ書状が置いてある。けげんそうに開いて見た。

兄上へ
宗像さまのお屋敷にご奉公に上がります
松尾の家のこと、よろしくお頼み申します
千鶴

と、したためてあった。

「！」

新之助は、ぶちのめされたような衝撃を受けた。

この書き置きには、二つの重大な意味がふくまれていた。

一つは、千鶴が宗像の側女になることを決意したということであり、もう一つは松尾家への、というより兄・新之助への義絶《ぎぜつ》宣言である。

名状しがたい悲しみが新之助の胸を満たした。

松尾の家名を守るために、千鶴はみずからその身を宗像典膳に供犠《くぎ》したのである。千鶴の悲壮な決意を思うと哀《あわ》れでならなかった。だが、その反面、

（これで坂崎と対等に交渉ができる）

という打算が、新之助の胸中で働いていた。

「お番入り」の決定権をにぎる宗像は、これで手の内に入れた。あとは坂崎をせっつかせるだけである。千鶴を人身御供に差し出したからには、少なく見積もっても五百石、できれば父親の代の七百石にもどしてもらいたい。それが新之助の胸算用《むなざんよう》だった。

翌日の昼下がり——。

新之助は、千鶴の書き置きと甲冑を質入れして工面した三十両の金子を持って、小川町の坂崎勘解由の屋敷に向かった。

例によって、古垣徳之助が応対に出た。

「先日は無理なお願いをして申しわけござらぬ。おかげで宗像さまもたいそう喜んでおられた。あらためて御礼を申し上げる」

「その宗像さまのお屋敷に、妹が奉公に上がったのはご存じかな」

口調はおだやかだが、新之助はあくまでも強気である。

「ほう、それは初耳でござる」

「これをごらん下され」

千鶴の書き置きを差し出した。古垣はそれを受け取って文面に眼を走らせると、

「ほほう」

と意外そうに眼を細めた。宗像の屋敷に奉公に上がるということが、何を意味するのか、むろん古垣にもわかっている。

「ついては、手前のほうからもお願いがございます」

「願い？」

「手付け金の件、これでご勘弁いただきたい」

と、古垣の膝前に三十両の金子を置いた。もとより手付け金は坂崎勘解由の取り分である。奥右筆・宗像典膳への口利き料は、千鶴を差し出したことで帳消し

になるはずだ。手付け金を値切ったからといって、いまさら新之助との約定《やくじよう》を反故《ほご》にはできまい。

新之助はそう読んだ。したたかな計算であり、駆け引きである。

さすがの古垣も呑まざるを得なかった。

「話はうけたまわった。先ほど宗像さまよりお声がかりがあって、殿がお屋敷に出向かれた。もどりしだい、その旨お伝えしておこう」

「よろしくお願い申し上げます」

新之助が辞去して半刻（一時間）ほどたったころ、坂崎が帰邸した。

古垣が新之助の話を伝えると、坂崎は憮然《ぶぜん》とした面持《おもも》ちで、

「じつは、そのことで宗像さまからも話があった。新之助に七百石のお役を与えたいとな」

「七百石！」

「千鶴にせがまれたのであろう」

冷笑を浮かべて、坂崎は脇息《きようそく》にもたれた。宗像は人も知る吝嗇家《りんしよくか》だが、女には甘い。寝物語に安請け合いしたことは容易に想像がつく。古垣の顔にも軽侮《けいぶ》の笑みがにじんだ。

「七百石と申しますと、どのようなお役に？」

「問題はそれだ」

坂崎が眉間にしわをきざんだ。

幕府の財政は逼迫《ひっぱく》している。老中首座・水野越前守忠邦が政治改革に着手した最大の目的は、財政再建だった。そのために水野は、究極のリストラ策ともいうべき「上知令《あげちれい》」を建策している。

「上知令」とは、全国各地に分散している幕府領を江戸十里四方、大坂五里四方に集めて、一括支配するという大規模な領地替えである。この政策に諸大名は猛反発し、幕閣内でも反対論が高まっていた。そんなさなかに幕臣の役職を増やすことなど、許されるわけがなかった。

病気、または不行跡《ふぎょうせき》などで役職をしりぞいた者が出た場合にかぎり、その後任として小普請組の「お番入り」が許されるのである。

だが、今日現在、七百石に相当する役職に空きはなかった。

それなのに、一体どうやって新之助を「お番入り」させるのか。

その問いに宗像典膳は明快に応えた。

「空きがなければ作ればよい。『伏見屋』の手口を使ってな」

『伏見屋』宗右衛門が、御公儀御用達の金看板を手に入れるために『結城屋』一家を闇に葬《ほうむ》り去ったことを、宗像はとっくに見抜いていたのである。

「つまり」

一呼吸おいて、坂崎が言葉をついだ。

「それと同じことをやってくれ、と宗像さまは申しておられるのだ」

「なるほど」

古垣の顔に不敵な笑みが浮かんだ。

「その仕事、手前がお引き受けいたしましょう」

「やってくれるか」

「はっ」

「では、この中から一人選んでくれ」

坂崎が旗本武鑑《ぶかん》を手渡した。旗本の姓名、役高、拝領屋敷、軍役などを網羅《もうら》した、現代でいう紳士名鑑である。

古垣は、その中から役高七百石の旗本を拾い上げた。

二《に》の丸留守居《まるるすい》三十名、納戸頭《なんどがしら》二名、腰物《こしもの》奉行二名、計三十四名がその役高に相当する。

三日後の夜。

古垣徳之助、赤座伝七郎、矢頭源十郎の三人は、ひそかに裏門から屋敷を抜け出した。

三人とも無羽織、木賊《とくさ》色の軽衫《かるさん》に革草鞋《かわわらじ》ばきという厳重な身ごしらえである。

古垣は、例によって手槍を持っている。

向かった先は、牛込藁店《うしごめわらだな》の納戸頭・桜井兵部太夫《さくらいひょうぶだゆう》の屋敷だった。

役高七百石の旗本の中から桜井を標的に選んだ理由は、一つには今年六十二歳と高齢であり、しかも家督を継ぐ嫡子《ちゃくし》がいなかったからである。

桜井は大の囲碁《いご》好きで、毎晩のように近所の囲碁仲間の屋敷に碁を打ちに行く。それも桜井をねらった理由の一つだった。囲碁の帰りを待ち伏せする作戦である。

神楽坂《かぐらざか》の上の毘沙門堂《びしゃもんどう》の手前を左に入ると、藁店に出る。

かつてはこの町に藁を売り買いする商人たちが住んでいたところから、俗に藁店と呼ばれたが、正式の町名は袋町《ふくろまち》という。

三人は、屋敷近くの雑木林に身をひそめて桜井の帰りを待ち受けた。

外出の折りに、桜井は二人の供を連れてゆく。それもすでに調べがついていた。赤座と矢頭が二人の供を斬り、古垣が桜井を討つ。そういう手はずになっていた。

四半刻（約三十分）ほどたったとき、前方の闇の奥にぽつんと小さな明かりが浮かび立った。

提灯を下げた若党らしき二人の侍と老武士がやってくる。

「あれだ」

古垣が低くいった。赤座と矢頭の手が刀の柄《つか》にかかる。

三人が雑木林にさしかかった瞬間、まず赤座と矢頭が飛び出した。

「な、なにやつッ！」

二人の若党が抜刀して立ちはだかった。赤座と矢頭は無言のまま刀を抜いて斬りかかる。

「狼藉者《ろうぜき》！」

叫びながら二人の若党が必死に斬りむすぶ。その隙に古垣が手槍の穂先の鞘を払って、桜井兵部太夫に迫った。

「わ、わしに何の遺恨があると申すのじゃ！」

後ずさりながら、桜井が塩辛声《しおからごえ》を張り上げた。

「遺恨はない。ゆえあってお命ちょうだいする」

古垣が手槍を突き出した。電光石火、瞬息の刺突技《しとつ》である。槍の穂先が寸分たがわず桜井の心ノ臓を突き刺し、背中をつらぬいた。そして一気に引き抜く。ぐらり。

桜井の体がゆったりと前にのめり、声もなく地面に倒れ伏した。ほぼ即死だった。楽に死なせるために、古垣はあえて心ノ臓をひと突きにしたのである。

古垣が槍を引いたときには、赤座と矢頭もすでに二人の若党を斬り倒していた。

「行こう」

と、うながす赤座を引き止めて、古垣は倒れている桜井のふところをまさぐり、財布を抜き取った。物盗りの仕業に見せかけるための細工である。

第四章　魔　刀

1

「やれ、やれ」

米山兵右衛が当座帳《とうざちょう》を繰りながら嘆息《たんそく》をもらした。

南町奉行所の例繰方《れいくりかた》部屋である。かたわらで直次郎が茶をすすっている。

「これじゃ、まるで百鬼夜行《ひやつきやこう》の魔界ですよ」

「何の話ですか」

「先月から今月にかけて、これだけ事件が起きてるんです」

と当座帳を差し出した。

兵右衛のもとには、廻《まわ》り方《かた》の与力同心《よりきどうしん》から日々探索報告が上がってくる。それをまとめて綴《つづ》りにしたものを当座帳といった。これが俗にいう「捕物帳《とりものちょう》」である。

直次郎は当座帳を受け取って視線を走らせた。綴りには、この一カ月あまりの間に江戸市中で起きた凶悪事件がびっしりと列記されている。解決した事件には朱筆で消し線が引かれているが、大半は黒字のままである。つまり未解決事件がそれほど多いということだ。

未解決事件の中には、『結城屋』の押し込み殺人放火事件や、五日前に牛込藁店で起きた納戸頭・桜井兵部太夫殺しもあった。

「なるほど。百鬼夜行というよりは、鼠賊豺狼《そぞくさいろう》の天国ですな、江戸は」

「町の者は奉行所も公儀《おかみ》も当てにはしておりません。殺された者は殺され損、金を盗《と》られた者は盗られ損、誰もがあきらめ切ってます」

「はァ」

直次郎は暗然とうなずいた。

当座帳に記載されている未解決事件は氷山の一角にすぎない。江戸の闇には「法で裁けぬ悪」や「法で晴らせぬ怨《うら》み」が星の数ほどある。だからこそ「闇の殺し人」が必要なのだと直次郎は思う。

「しかし、世の中というのはふしぎなもので、どこかでちゃんとつじつまが合うようになっているんですな」

「つじつまが合う？」

直次郎がけげんそうに見返した。

「どういうことですか」

「〝禍《か》は福の倚《よ》るところ。福は禍の伏すところ〟と申します。たとえばこの事件」

と、当座帳の『結城屋』事件を指さして、

「『結城屋』にとってはとんだ禍《わざわい》でしたが、同業の『伏見屋』にとっては、まさに福をもたらす事件でした」

「ほう」

直次郎の眼がきらりと光った。

「御公儀御用達の『結城屋』が消えたおかげで、その金看板が『伏見屋』に回ってきたわけですからね」

その話は初耳だった。

「これも同じです」

と、兵右衛が指さしたのは五日前に起きた桜井兵部太夫殺しである。

「桜井どのが亡くなったあとに、小普請組の松尾新之助どのが〝お番入り〟したそうですから、松尾どのにとっては、これもまさに果報だったわけです」

一つの事件から世相の裏を読みとる兵右衛の洞察力の深さに、内心、直次郎は感じ入っていた。なるほど、そういう見方があったか、というのが実感である。

小普請組・松尾なにがしの「お番入り」の件はともかく、『結城屋』の事件のあと、同業の『伏見屋』に御公儀御用達の金看板が回ってきたという話には、何か引っかかるものを感じた。

「つまり、世の中は引き算と足し算で成り立っているということですな」

「ま、一言でいえば、そういうことでしょう」

兵右衛は当座帳を書棚にもどすと、急須《きゅうす》に湯をそそいで直次郎の湯飲みに茶をついだ。

「もう一杯いかがですか」

「いえ、わたしはそろそろ」

と、腰を上げかけたとき、

「仙波！」

廊下で大声がした。

「は、はいッ」

はじけるように立ち上がって、直次郎は遣戸《やりど》を引き開けた。廊下をずかずかと踏み鳴らして、初老の男が大股《おおまた》にやってきた。物書《ものか》き同心の島崎《しまざき》である。

「奉書紙《ほうしよがみ》が切れておる。すぐ届けるよう『美濃屋《みのや》』に伝えてくれ」

「かしこまりました」

直次郎は、ほぼ直角に体を折って頭を下げた。声もはつらつとしている。

古参同心から使いを頼まれるのは、決して不快なことではなかった。むしろ直次郎は喜んでいる。それを口実に堂々と外出ができるし、外に出れば誰に干渉されることもなく適当に時間がつぶせるからである。内勤の直次郎にとって使いは何よりの息抜きなのだ。

浅草東仲町《あさくさひがしなかまち》に、紙問屋『美濃屋』はあった。広小路に面した大店である。

応対に出た番頭に奉書紙五百枚を届けるように伝えると、直次郎は店を出てしばらく浅草寺の境内をぶらつき、吾妻橋を渡って南本所に足を向けた。

久しぶりに番場町の万蔵の店をたずねてみようと思ったのである。

「万蔵、いるかい？」

店先に立って奥に声をかけたが、返答がなかった。店の中はあいかわらず古着の山で、奥の様子がわからない。もう一度声をかけてみたが、返事はなかった。

(留守か)

仕方なく背を返したとき、店の裏から物音が聞こえてきた。

店の裏は空き地になっている。

その空き地で、万蔵が細い革紐《かわひも》の先につけた手裏剣のようなものを、頭上でぐるぐると回していた。加速がついたところでパッと手を放すと、紐の先についた手裏剣のようなものが矢のように宙を走り、六間（約十メートル）先に立てられた丸太杭にぐさりと突き刺さった。

これは万蔵が考案した「縄鏃《じようぞく》」という武器である。

獲物を仕留めたあと、革の細紐をたぐり寄せれば、暗闇の中でも手裏剣状の鏃《やじり》を容易に回収できるので、殺しの現場に凶器を残さぬという利点があった。

万蔵がふたたび縄鏃を投げた。ぐさりと丸太杭に突き刺さる。さっきとほぼ同じ位置に命中している。

「さすがだな、万蔵」

直次郎が声をかけると、万蔵がびっくりしたように振り返り、

「あ、旦那」

「おれにかまわねえでつづけてくれ」

といって、直次郎はかたわらの空き樽に腰を下ろした。

「あっしに何か？」

「いや、近くまできたのでな。ちょいと寄らせてもらっただけさ」

「そうですかい」

万蔵は首に巻いた手拭《てぬぐ》いで顔の汗を拭いながら、空き地の片隅の古井戸に歩み寄り、釣瓶縄《つるべなわ》を引き上げた。縄の先の桶《おけ》に西瓜《すいか》が入っている。それをこん棒で叩き割って、

「いい塩梅《あんばい》に冷えてやすよ。どうぞ」

と差し出した。

「おう、西瓜か。初物だな」

がぶりとかぶりつく。万蔵もかたわらに腰を下ろして西瓜を食いはじめた。

狒々《ひひ》のような獰猛《どうもう》な顔つきをしているが、見かけによらず人情肌で気のいい男である。

齢は直次郎より十歳年長の四十二。生まれ育ちは駿河《するが》だが、二十《はたち》のときに博奕《ばくち》の咎《とが》で入れ墨刑を受けて所払《ところばら》いになり、あちこちを転々と渡り歩いた。江戸に出てきたのは三年前である。深川の居酒屋で板前修業をしていたときに、元締めの寺沢弥五左衛門と知り合い「闇の殺し人」になったという。

「うめえ、うめえ」

と舌鼓《したつづみ》を打ちながら、直次郎が探るような眼で万蔵を見た。

「仕事が入ったのか」

「へ？」

万蔵が虚をつかれたような顔で見返した。

「そのために〝縄鏃〟の稽古をしていたんじゃねえのか」

「旦那の眼力にはかないやせんねえ」

万蔵は頭をかいて苦笑した。

「獲物は誰なんだ？」

「深川の船宿『浮舟《うきふね》』の船頭で、巳之吉《みのきち》って野郎です」

「そいつは何をしでかしたんだ？」

「女ぐせの悪い〝銀流し〟でしてね。十日ばかり前に米沢《よねざわ》町の畳屋の女房から金を巻き上げたあげく、大川に投げ込んで殺しちまったんです」

銀流しとは「まやかしもの」という意味の俗語である。

「ああ、『備後屋《びんご》』のお房《ふさ》のことか」

その事件は、例繰方の当座帳にも記載されていた。十日前に大川の百本杭で、両国米沢町の畳屋『備後屋』の内儀・お房が水死体で見つかったという事件である。首に紐が巻かれていたところから、奉行所は殺しと断定したのだが、十日たったいまも下手人の目星はついていない。

「巳之吉って野郎の仕業に間違いねえのか」

「へえ。巳之吉とお房がわりない仲だったことや、お房が姿を消す一刻（二時間）ほど前に、巳之吉の舟に乗ったこと。すべて調べがついてると半次郎はいっておりやした」

「そうか。それにしても……」

直次郎がぺっと西瓜の種を吐き出しながら、

「半の字のやつ、近ごろ、おれのところにはさっぱり仕事を持ってこねえ。煙《けむ》たがってるんじゃねえだろうな。おれのことを」

「相手は猪牙舟《ちょきぶね》の船頭ひとり。旦那の手を借りるほどの仕事じゃありやせんよ」

「ま、いいだろう。西瓜、うまかったぜ」

と、立ち上がったとき、

「ごめんください」

店のほうで女の声がした。

「おう、めずらしく客がきたようだぜ」

「旦那、申しわけありやせんが、裏から出ていっておくんなさい」

「ああ、じゃあな」

直次郎は空き地を通って、裏道に向かった。

奉行所を出たとき頭の真上にあった陽が、やや西にかたむきはじめていた。時刻は八ツ半（午後三時）ごろだろう。先刻よりさらに暑さが増したような気がする。

直次郎はその足で柳橋の船宿『卯月』に向かった。

奉行所にもどる気はさらさらなかった。『卯月』で一杯ひっかけ、陽が落ちるのを待って帰宅するつもりである。

2

「あら、旦那、今日はずいぶんお早いじゃないですか」

愛想《あいそ》よく出迎えたのは、女将《おかみ》のお勢《せい》である。若いころ深川で芸者をしていたというだけあって、四十になるいまも面差《おもざ》しに匂うような艶《つや》と色香をにじませている。

「お艶さんはまだきてませんよ」

「わかってるさ」

「二階にお上がりになります？」

「いや、奥でいい」

といって、直次郎は店の奥の小座敷に上がり、冷や酒と胡瓜《きゅうり》の酢のものを注文した。

さすがにこの時刻、酒を飲みにくる客はいない。舟子《ふなこ》（船頭）溜まりで、猪牙舟の船頭が二人、所在なげに煙管《きせる》をくゆらせていた。

「どうぞ」

と、お勢が酌をする。直次郎はそれを受けながら、

「つかぬことを訊くが、深川の『浮舟』って船宿は知ってるか」

さり気なく訊いた。

「ええ、よく知ってますよ。あそこの女将さんも芸者上がりですからね」

「その船宿に巳之吉って船頭がいるそうだが、どんな男なんだい」

「どんなって、一言でいえば遊び人。女将さんも困ってましたよ。仕事はよく休むし、お金と女にだらしがないし」

「ふーん」

「巳之吉さんがどうかしたんですか」

「いや、なに。知り合いの娘が巳之吉にだまされたといって嘆《なげ》いていたんでな」

「あの人に泣かされた娘さんは掃《は》いて捨てるほどいるんじゃないですか」

「悪い野郎だ。そのうち天罰が下るかもしれねえぜ」

意をふくんだ笑みを浮かべて、直次郎は猪口の酒をあおった。

小半刻（約三十分）ほどたったとき、四人の侍がずかずかと入ってきた。

「あ、お見えになったわ」

お勢が立ち上がって、四人を出迎えた。直次郎は知らなかったが、四人は松尾

新之助と古垣徳之助、赤座伝七郎、矢頭源十郎だった。

「お待ちしておりました。どうぞ、お二階へ」

四人は無言で二階へ上がっていった。それをちらりと見送って、

「見慣れねえ客だな」

直次郎が小声でいった。

「松尾さまは小普請組の寄り合いで二、三度お見えになったことがありますけど、ほかのお三方《さんかた》は初めてです」

「松尾？」

「三日前に〝お番入り〟したそうです。今日はその祝宴だそうですよ」

「ほう」

納戸頭の桜井兵部太夫が何者かに殺され、その後任として小普請組の松尾新之助が「お番入り」したという話は、先刻、米山兵右衛から聞いたばかりだった。

「ごめんなさい。お料理を運ばなきゃならないので」

お勢がそそくさと立ち去った。

直次郎は徳利《とっくり》に残った酒を猪口についで一気に飲みほし、卓の上に酒代を置いて『卯月』を出た。

さっきより、さらに陽は西にかたむいていた。陽差しもだいぶやわらいでいる。

神田川の川面にさざ波が立ちはじめた。

酒気をおびて火照《ほて》った顔を川風が心地よくねぶってゆく。

対岸の柳並木がさわさわとゆれている。楊柳《ようりゆう》まさに糸を乱す景観である。

土手の石段を登りかけたとき、一人の武士が降りてきた。

「おう、彦四郎ではないか」

武士は秋元彦四郎だった。

「いつぞやは馳走になった。どこへ行く？」

「八丁堀に帰るところだ。おぬしは？」

「『卯月』で友人の祝宴があるのだ」

「友人というと？」

「松尾新之助という男だ。このたび目出たく〝お番入り〟が叶《かな》ってな。その祝いの席に招《よ》ばれたのだ」

「そうか。松尾という男、おぬしの友人だったか」

「父親が亡くなってから、無役の小普請組に落とされて散々苦労してきた男だからな。これでようやく新之助も日の目を見ることができる」

「そりゃご同慶《どうけい》のいたりだ」

「そのうちゆっくり飲もう」

いいおいて、彦四郎は足早に石段を降りていった。

暮れなずむ土手道を歩きながら、直次郎はふと米山兵右衛の言葉を思い出していた。

――禍は福の倚るところ。福は禍の伏すところ。

松尾新之助は、まさに桜井兵部太夫の「禍」によって「福」を得たのである。それは偶然がもたらした僥倖《ぎようこう》にすぎまい。しかし……、『伏見屋』の一件に関しては、何となく心に引っかかるものを感じていた。『結城屋』を守ってやれなかったという自責の念もある。だが、それだけではなかった。かつて南町奉行所一の敏腕《びんわん》同心とうたわれた直次郎の、本能的な勘が『伏見屋』への疑惑を感じとっていたのである。

本所入江《いりえ》町の五ツ（午後八時）の鐘が鳴り終わるのを待って、万蔵は家を出た。

黒の半纏《はんてん》に黒の股引《もも》きというでたちである。ふところには「縄鏃」を忍ばせている。

船宿『浮舟』の船頭・巳之吉が、いつもこの時刻に深川仙台堀《せんだいぼり》の今川町の船着場で客待ちをしているのは、事前の調べでわかっていた。

大川端沿いに南へ下り、幕府の御船蔵《おふなぐら》の横を通って新大橋の東詰に出る。それをさらに南に向かい、小名木川《おなぎ》に架かる万年橋《まんねん》を渡ってしばらく行くと、仙台堀に突き当たる。

〈仙台堀へ梅本《うめもと》の送り舟〉

という川柳がある。『梅本』とは門前仲町の料理茶屋のことである。深川の茶屋や岡場所では、なじみの客を女郎や芸者が船宿まで送り迎えした。これを送り舟、迎え舟という。巳之吉が待っているのはそういう客たちだった。

仙台堀の北岸に、いまは使われてない朽《く》ちた桟橋《さんばし》があった。以前は荷足船《にたりぶね》や苫《とま》舟《ぶね》の船着場だったようで、敷き板は腐れ落ちていたが、土台の丸太組みはしっかりしていた。

その桟橋の突端に立って、万蔵は対岸（南岸）の闇に眼をこらした。

船宿『浮舟』の桟橋にポッンと舟提灯の明かりがにじんでいる。

猪牙舟の艫《とも》で船頭の巳之吉が煙管をくゆらせていた。

万蔵の立っている位置から、巳之吉の猪牙舟までの距離はおよそ十間（約十八メートル）、「縄鏃」の射程距離、すなわち革紐の長さは十五尋《ひろ》（約二十二メートル）、十分ねらえる距離である。

万蔵は、たばねた革紐の輪を左手に持ち、右手で紐の尖端についた手裏剣状の鏃を回しはじめた。ぶんぶん音を立てて鏃が回転する。加速がついたところで、
ぱっ。

と投げ放つ。夜気を引き裂いて鏃が対岸の桟橋に向かって一直線に飛んでいった。

と、そのとき、

「伏せろ、巳之吉！」

突然、対岸の闇の奥で怒声がひびいた。巳之吉が反射的に身をかがめる。首すじをかすめて、ストンと鏃が桟橋の杭に突き刺さった。

（あっ）

と、息を呑《の》んだのは、万蔵だった。とっさに紐を引く。杭に突き刺さった鏃が

きらりと宙に舞い、手元にもどってきた。すばやく紐をたぐり寄せて輪にたばねると、それを肩にかけて桟橋から岸辺に跳び移り、一目散に逃げた。

「だ、誰だ！」

対岸で怒声がひびく。

網の目のように入り組んだ路地を、万蔵は猫のように背を丸めて必死に逃げた。

小名木川の高橋を渡ると、前方にちらちらと灯《あか》りが見えた。

深川常盤《ときわ》町の町灯りである。

常盤町は深川七場所の一つに数えられる遊里である。揚《あげ》屋や水茶屋、引手《ひきて》茶屋などが軒をつらね、昼をあざむかんばかりのおびただしい光が横溢《おういつ》している。

万蔵は嫖客《ひょうかく》の群れにまぎれて、一軒の居酒屋に飛び込んだ。

息がきれ、喉《のど》がからからに渇《かわ》いている。無愛想な小女に冷や酒を注文した。小女といっても若い女とはかぎらない。酒場で下働きをしている女を総称して小女といった。

すぐ酒が運ばれてきた。水で割った薄い酒である。それを一気に喉に流し込んだ。

まだ心ノ臓が早鐘を打っている。小女に二杯目の冷や酒を注文した。

（おれとしたことが……）

運ばれてきた二杯目の冷や酒をなめながら、万蔵は後悔のほぞを噛《か》んだ。「闇の殺し人」になって三年目になるが、仕事に失敗したのは、これが初めてである。

あのとき怒声を放ったぬしは、おそらく巳之吉のなじみ客であろう。「縄鏢」を放つ直前に、その客は桟橋の近くにいたに違いない。だが、万蔵にはそれが見えなかった。

心のどこかに油断があったのか。

いや、油断というより明らかに万蔵の手抜《てぬ》かりだった。細心の注意を払っていれば、事前に気づいたはずである。

――たかが猪牙舟の船頭ひとり。

と思って、なめてかかったのが、失敗の最大の原因だった。万蔵はそれを自覚し、おのれ自身に腹を立てていた。苦虫を百匹も噛みつぶしたような顔で猪口の酒をあおり、酒代を払って居酒屋を出ると、万蔵はその足で日本橋に向かった。

四半刻（約三十分）後、万蔵は小網町の半次郎の舟小屋の前に立っていた。

「おれだ。開けてくれ」

低く声をかけると、板戸がわずかに開いて、隙間から半次郎が用心深く顔を出した。

「どうぞ」

あいかわらず表情のない顔で中にうながす。

石を積み重ねて造った竈《かまど》の中で、杉の葉がぶすぶすと燻《くすぶ》っていて、小屋の中には薄い煙がただよっていた。これは蚊《か》遣《や》りのための煙である。

「何か急用でも？」

半次郎が抑揚のない声で訊いた。

「面目ねえ。仕事にしくじった」

「…………」

半次郎の顔はぴくりとも動かない。

「仕事料を返しにきた」

万蔵はふところから小判を二枚取り出して、かたわらの空き樽の上に置いた。

「顔を見られたわけじゃないでしょうね」

「それなら心配いらねえ」

「では」

といって、半次郎は空き樽の上の小判を取って、万蔵に突き返した。

「どういうことだ？」

「一度請けた仕事を途中で降りることはできません」

まったく感情のない声だが、逆にそれが凄味を帯びている。

むろん、万蔵も「闇稼業」の掟《おきて》は百も承知している。仕事料を返しにきたのは、おのれに対する罰則《ペナルティ》のつもりだったが、半次郎はそれすらも受け取ろうとはしなかった。

要するに請けた仕事はかならずやりとげろ、ということである。

「おめえさんに詫《わ》びを入れにきたつもりだが」

「…………」

半次郎は黙って竈に杉の葉をくべている。

「どうやら、おれの考えが甘かったようだな」

ほろ苦く笑いながら、万蔵は空き樽の上の二枚の小判を手に取ってふたたび懐中にしまい、気まずそうに背を向けた。

そのころ……。

深川今川町の小料理屋で、二人の男が酒を酌みかわしていた。一人は船頭の巳之吉、もう一人は〝金蛇の安〟こと、根津の地廻り安蔵だった。なんとこの男、巳之吉の実の兄だったのである。

この夜、巳之吉は深川に遊びにきていた安蔵を送るために、『浮舟』の桟橋に舟をつけて帰りを待っていた。事件が起きたのはそのときだった。

対岸から刃物らしきものが飛んできた瞬間、ちょうど船着場の石段を降りてきた安蔵がそれを目撃して、すかさず巳之吉に声をかけたために、間一髪難を逃れたのである。

「兄《あに》さんのおかげで命びろいしたよ」

ぺこりと頭を下げる巳之吉を、安蔵が不審な眼で見返し、

「おめえ、誰かに命をねらわれるような覚えはあるのか」

「さあ」

と首をひねりながら、巳之吉が不安げな顔でつぶやいた。

「ひょっとしたら、『備後屋』の亭主かも……」

「『備後屋』？」

「米沢町の畳屋さ。金目当てで女房のお房をたぶらかしたんだよ。最初はいい金づるだったが、お房のやつ、すっかりその気になっちまって、亭主と別れて一緒になりてえなんていい出しやがった。会うたんびにしつこくせがむもんだから、ついい」

「つい？」

安蔵の顔が険しくゆがんだ。

「殺しちまったのか」

「いい争っているうちに、ついカッとなっちまって」

「巳之吉」

安蔵が急に声を落として、

「闇の殺し人って知ってるか」

「なんだい、それは」

「金で怨みを晴らす裏稼業だ」

「ま、まさか、その闇の殺し人がおれの命を？」

巳之吉の顔が恐怖に引きつった。

「用心に越したことはねえ。ほとぼりが冷めるまで、しばらく深川から離れたほうがいいぜ」

「離れろといっても、ほかに行き場所がねえし」

「おれの家に置いてやる。二、三カ月息をひそめてりゃ、そのうち敵もあきらめるだろうよ」

「兄さんさえよければ、ぜひ」

巳之吉がすがるような眼で頭を下げた。

3

小伝馬町一丁目の通りを、大きな台箱をかついだ小夜が、人混みをぬうようにして歩いている。髪結いの仕事先に向かうところである。

女髪結いは、定所に床《とこ》（店）を構えず、市中をめぐり歩いて仕事をする、いわゆる「廻り髪結い」である。小夜は、日本橋や神田界隈に十数人の顧客を持っていた。そのほとんどは商家の内儀である。

この時代、女髪結いは非合法の職業だった。風儀を乱すという理由で禁止されたのだが、しかし、そうした風俗への禁令などは、庶民の欲求や時勢に押し流されて、いつしかゆるんでしまうのが世の常である。幕府は再三女髪結いの禁止令を発布したが、まったく効果がなかった、と史書にも記されている。

小夜がこの商売をはじめたのは、元締めの寺沢弥五左衛門にすすめられたのがきっかけだった。手に職を持てば、将来の生活に不安はないし、何よりも世間の眼をあざむくことができる、というのがその理由だった。

元締めの寺沢弥五左衛門が『江戸繁昌記』の著者・寺門静軒であることを、小夜はまだ知らない。弥五左衛門から女髪結いの話を聞いたとき、

（やけに物知りな人だな）

と感服したものだが、それもそのはずである。寺沢弥五左衛門こと寺門静軒は、発禁処分となった『江戸繁昌記』の中で女髪結いについて、次のように詳述しているのだ。

「（女髪結いは）一重《ひとえ》の上っぱりを着て、くし箱を持ち、忙しくカラコロと下駄を鳴らして東西に奔走している。私がまだ幼かったころからこの職業はあったが、数が少なくてその料金もはなはだ高く、安いもので五十文は下らなかった。いまはだんだん多くなり、どんな裏町にもないところはない。したがって料金も安く、たいてい三十二文で、もっとも安いものは十六文である」

原文は漢文体だが、江戸の世相風俗を平明な文章で活写したこの著書は、一級の史料として史家の評価が高い。

小夜の夢は、いつか江戸のど真ん中に大きな床を構えることだった。その資金を稼ぐためにも当分「闇の殺し人」をつづけるつもりである。

小夜が向かった先は、日本橋馬喰町二丁目の『泉州屋《せんしゅう》』という旅籠《はたご》だった。

「こんにちは」

と、賄《まかな》いの女たちに挨拶をして、裏口から中廊下を通って奥座敷に向かう。

内儀のお喜代《きよ》が支度をととのえて待っていた。部屋のすみに台箱を下ろし、鬢《びん》だらいや梳具《すきぐ》箱を取り出して仕事にかかる。髷《まげ》をほどき、櫛《くし》できれいに髪を梳きあげ、髪油《かみあぶら》を塗ってふたたび髷を結いなおす。その間、およそ四半刻（約三十分）。

「終わりましたよ」

小夜が手鏡を差し出すと、お喜代はそれを受け取って鏡台の前に座り直し、結い上がった髷を合わせ鏡でまじまじと見ながら、

「まァ、きれいだこと。小夜さんの仕事はていねいだから、二つ三つ若返ったような気がするわ」

しごくご満悦である。

料金の二十五文を受け取って、小夜は裏口から外に出た。そのとき、路地の奥から買い物包みをかかえた『泉州屋』の女中らしき女が足早にやってきた。

「あら！」

と、小夜が思わず足を止めた。女は、おるいだった。

「おるいさん！」

おるいもびっくりして立ち止まった。

「小夜さん」

「どうしたの？　どうして、あなた、江戸に？」

相州《そうしゅう》・小田原の叔父のもとに身を寄せたはずのおるいが江戸にいる。小夜がおどろくのも無理はなかった。

「じつは……」

おるいが気まずそうに話しはじめた。

おるいの母方の叔父は、小田原の街道沿いで小さな干物《ひもの》屋をいとなんでいた。身寄りのいないおるいを叔父夫婦はこころよく迎え入れてくれたが、十二歳の長女を頭に三人の子供をかかえる一家の暮らしは決して楽ではなかった。

そんな叔父夫婦の暮らしぶりを見て、おるいは心苦しくなり、城下の旅籠屋に働きに出ることにした。

「その旅籠で、いまの人と知り合ったんです」

おるいが恥ずかしそうに眼を伏せた。

「いまの人って、旦那さんのこと？」

「いえ、まだ正式には」

相手は上方《かみがた》の菓子職人・佐吉《さきち》という男だった。正式に所帯を持ったわけではないが、亀井《かめい》町の長屋で一緒に暮らしているという。

江戸に行こう、とさそったのは佐吉のほうだった。

「江戸で一旗《ひとはた》揚げたいんだ。おまえが一緒にきてくれれば、かならず夢が叶う。いや叶えてみせる。一緒に江戸に行こう」

佐吉の熱意に心を動かされ、おるいは江戸へもどる決意をしたのである。江戸に着いたのは四日ほど前のことだった。

「佐吉さんはいま、浜町の『松風堂《しようふうどう》』という菓子屋さんで働いています。あたしもきのうから『泉州屋』さんで働き出したばかりです。お金が溜まったらお借りした三両を持って小夜さんのところにご挨拶にうかがうつもりでした」

「お金のことなら心配しなくてもいいのよ。それより」

小夜がにっこり微笑《わら》って、

「よかったわね。いい人にめぐり会えて」

「ありがとうございます」

「二人で力を合わせて、仕合わせになってね」

「はい」

おるいは屈託なく笑い、一礼して小走りに『泉州屋』の裏口に去っていった。

それが小夜の見た、おるいの最後の姿になろうとは、神ならぬ身の小夜には知るすべもなかった。


日本橋駿河町の呉服問屋『伏見屋』の軒端に「御公儀御用達」の看板がかかげられてから十日がたっていた。

店には以前に倍して客が詰めかけている。そのほとんどは『結城屋』が消滅したために『伏見屋』に流れてきた客たちである。大奥からもさっそく二百両に上る裲襠《うちかけ》の注文があり、この十日ばかりのうちに売り上げは飛躍的に伸びた。

「御公儀御用達」の金看板の御利益はまさに覿面《てきめん》だった。

奥座敷で帳合《ちょうあい》をする宗右衛門の顔もゆるみっぱなしである。

京都から江戸に進出してきて十年、悲願の金看板を手に入れ、名実ともに江戸屈指の呉服問屋にのし上がったのである。傍《はた》から見ればこれ以上の栄達《えいたつ》はない。だが、宗右衛門の野望はとどまるところを知らなかった。

——日本橋にもう一軒、店を出したい。

それが宗右衛門の次の目標だった。

日本橋は江戸の経済の中心地である。雪が降っても「その白さが見えぬ」ほど賑わったといわれる江戸一番の繁華な場所に、もう一軒店舗を構えるというのは、たとえそれだけの財力があったとしても容易なことではなかった。土地が手に入らないからである。

そこで宗右衛門が眼をつけたのは『結城屋』の跡地だった。

あの悲惨な事件のあと、呉服町の『結城屋』の跡地は相続する者もなく、出火責任を問われて闕所《けっしょ》（没収）となった。宗右衛門はその土地をねらっていたのである。

「旦那さま」

襖越しに番頭の声がした。

「市次郎《いちじろう》さまがお見えですが」

「ああ、通しておくれ」

「はい」

ややあって、四十年配の商人ふうの男が、

「失礼いたします」

と小腰をかがめて入ってきた。古物仲買人《こぶつなかがいにん》の市次郎である。物腰は丁重だが、隙のないしたたかな面がまえをしている。

「待ってましたよ。よい物が見つかりましたか」

「はい。掘り出し物を持参いたしました」

と、市次郎が差し出したのは、金糸綾《きんしあや》の鞘袋《さやぶくろ》につつまれた刀だった。

「銘は？」

「相州正宗《そうしゆうまさむね》でございます」

「ほう」

宗右衛門の口から感嘆の吐息が漏れた。相州正宗といえば名刀中の名刀である。宮本武蔵の差料もこの正宗だったという。

「値も張るんでしょうな」

「せいぜい勉強させていただきます」

「いかほどですか」

「百両では」

「百両！」

宗右衛門が思わず驚声を上げた。百両は現代の貨幣価値に換算すると一千万円ちかい大金である。

話にならない、といわんばかりに宗右衛門が手を振って苦笑すると、市次郎は刀の来歴などを滔々《とうとう》と語りながら、五両、十両と値を引いてゆく。だが、宗右衛門もおいそれとは首を縦に振らない。商人同士の丁々発止《はっし》の駆け引きである。

市次郎は八十両が限度だといい、宗右衛門は六十両しか出せないといい張り、しばらく平行線をたどったが、結局、間をとって七十両で取り引きが成立した。

宗右衛門はさっそくその刀を持って日本橋堀留町の料亭『扇屋』に向かった。

二階座敷で古垣徳之助が待っていた。

「お呼び立てして申しわけございません」

「話というのは？」

「たびたび無理なお願いを申しまして心苦しいのですが、いま一度坂崎さまのお力添えをいただきたいと思いまして」

「御公儀御用達の金看板だけでは、まだ不足だと申すのか」

古垣が皮肉に笑ってみせたが、宗右衛門はさらりと受け流して、

「商人《あきゅうど》の欲には終わりというものがございません」

と、いってのけた。

「何が望みなのだ」

「呉服町の『結城屋』さんの跡地をご公儀から払い下げていただくわけにはいかないものかと」

「あの土地を手に入れてどうするつもりだ」

「もう一軒、店を出すつもりでございます」

「それは豪気な話だ」

なかば呆《あき》れ顔で古垣がいった。宗右衛門がふところから切り餅を取り出して、古垣の膝前に置き、深々と頭を下げた。

「古垣さまからも一つよろしくお口添えのほどを」

「わかった。その旨、殿に申し伝えておこう」

「これは御前さまへ」

と差し出したのは、例の相州正宗である。古垣は鞘袋から刀を取り出して鞘を払い、一目刀身を見るなり、

「おう、相州正宗か」

思わず感嘆《かんたん》の声を上げた。

4

燭台の明かりを受けて、青みを帯びた刀身が冴えざえと光っている。

相州正宗――反《そ》りは、浅めの京反《きょうぞ》りで、身幅《みはば》が広く、刃文は焼き幅の広い大乱れ、砂流《すながし》の沸《にえ》は力強く、華美と実用をかねそなえた名刀である。

刀身を見つめる坂崎勘解由《かげゆ》の双眸にぎらぎらと異様な光がたぎっている。

「正宗には贋作《がんさく》が多いと聞いたが、これはまさしく正真正銘の正宗だ」

坂崎がうめくようにつぶやいた。狂的な刀剣愛好家だけに、さすがに坂崎の鑑定眼はたしかである。

名刀正宗は、豊臣秀吉《とよとみひでよし》や徳川家康など、ときの為政者が政治的意図をもって、鑑定家・本阿弥《ほんあみ》家に贋《にせ》の折紙《おりがみ》（鑑定書）を乱発させたために、日本国中に数百本

の贋正宗が出回ったといわれている。

「古垣、これを見よ」

氷のような刃を古垣の眼前にぐいと突き出した。

「何十人、いや何百人の生き血を吸うてきた大乱れの刃文……」

「はァ」

「ふふふ、この刃文を見ているだけで背筋がぞくぞくするではないか」

「御意」

坂崎は刀身を鞘に納めるなり、すっくと立ち上がった。

「出かけるぞ。支度をせい」

「はっ」

いわれずとも坂崎の目的はわかっていた。古垣はすぐさま自室にもどり、赤座伝七郎と矢頭源十郎を呼び寄せて外出の支度をさせた。

小川町の屋敷を出た四人は、外濠《そとぼり》通りに出て護持院ケ原《ごじいんがはら》から鎌倉河岸《かまくらがし》へと足を向けた。

月に薄雲がかかっている。

いまにも降りだしそうな雨もよいの空である。

その空模様のせいか、屋敷を出てから鎌倉河岸にいたるまで、人影はまったく見当たらなかった。

血に飢えた群狼《ぐんろう》のように、四人は獲物を求めて夜の町をさまよい歩いた。

鎌倉河岸から神田堀に沿って東に向かう。

闇の奥にちらほらと灯りが見えた。亀井町の町灯りである。

亀井町には竹細工の職人が多く住んでいる。ざる、味噌こし、ひげこ（竹籠）など、江戸市民が日常的に使う竹製品のほとんどはこの町で作られていた。

竹細工の職人たちは夜が早い。明かりの下の手仕事は疲れるし、燈油代も馬鹿にならないからである。大半の家はすでに明かりを消してひっそり寝静まっていた。

「殿」

先を歩いていた古垣がふと足を止めて、前方の闇に眼をやった。

提灯の明かりが近づいてくる。男と女の二人連れである。

四人はすばやく路地角の闇溜まりに身をひそめて、二人の様子をうかがった。

男がぶら提灯を下げ、その横に女がぴたりと寄り添い、何やら楽しげに語らいながらやってくる。男は菓子職人の佐吉、女はおるいだった。二人とも仕事を終えて亀井町の長屋に帰るところだった。

「殿、これを」

赤座が低くいって、微行頭巾《しのびずきん》を差し出す。それを受け取ると、坂崎は手早く頭巾で面をおおい、鞘袋から差料を取り出して、ゆっくり歩を踏み出した。

ふいに闇からわき立った人影を見て、佐吉とおるいは不審げに足を止めた。

微行頭巾の坂崎が大股にやってくる。その距離が二間（約三・六メートル）ほどに迫ったとき、佐吉は棘《とげ》のような殺気を感じた。

「に、逃げろ、おるい！」

佐吉が叫ぶより速く、坂崎の刀が鞘走った。抜きつけの袈裟がけである。音を立てて血が飛び散った。

「佐吉さんッ」

おるいが悲鳴を上げて立ちすくむ。返す刀で、坂崎は逆袈裟におるいを薙《な》ぎ上げた。着物の胸元が切り裂かれ、あらわになったおるいの白い胸乳《むなぢ》から鮮血がほとばしった。

数歩よろめき、おるいは前のめりに倒れ伏した。地面に落ちて燃え上がった提灯の炎が、無惨に頸《くび》を裂かれた佐吉の死体を、赤々と照らし出している。

それを冷やかに見下ろしながら、坂崎は刀身の血脂を懐紙で拭き取り、パチンと鞘に納めた。路地角から古垣、赤座、矢頭が飛び出してくる。

「殿」

と古垣が声をかける。

「見たか、古垣」

「は。お見事な業前《わざまえ》」

「相州正宗、恐るべき切れ味だ。まるで藁《わら》人形を切るがごとき手応《てごた》えだった」

殺戮《さつりく》の快感に酔いしれている坂崎を、

「まいりましょう」

と赤座がうながす。

四人は何事もなかったように、足早に闇の深みに姿を消していった。

地面に倒れ伏したおるいの体がひくひくと痙攣《けいれん》している。まだかすかに息があった。最後の力を振り絞って、おるいは必死に右手を伸ばした。その指先に佐吉の手がある。

「さ、佐吉さん……」

指先がようやく佐吉の手に触れた。さらに手を伸ばし、すでに息絶えた佐吉の手をそっとにぎると、おるいは安堵したように笑みを浮かべ、静かに息を引き取った。

日本橋から江戸橋にかけての北岸に、江府《こうふ》一といわれる魚河岸がある。一日の商《あきな》い高千両といわれるこの魚河岸には、江戸の各所から棒手《ぼて》振りの魚屋や小料理屋の板前、旅籠の賄《まかな》い人などが買い出しにくるため、朝から大変な賑わいを見せた。

その雑踏の中に、仙波直次郎の姿があった。

昨夜の辻斬りの一件は例繰方の米山兵右衛から聞いた。当座帳には、殺された男女の身元について、

　亀井町甚兵衛《じんべえ》方店借人・佐吉。二十七歳
　　同・るい。十八歳

と、記されていた。それを見た瞬間、直次郎の脳裏に、

（もしや）

という思いがよぎった。

小夜が助けた「おるい」という娘は、とっくに江戸を発って小田原に向かった

はずだが、なぜか直次郎はその娘のことが気になった。

江戸には同名の女がごまんといるはずなのに、なぜあのおるいとむすびついたのか、直次郎自身ふしぎでならなかった。虫の知らせというやつか。念のために小夜にたしかめてみようと思って奉行所をぬけ出してきたのである。

「小夜、いるか？」

玄関の引き戸を開けて奥に声をかけると、

「はい」

いつになく元気のない声が返ってきた。待っていても姿を現す気配がないので、直次郎は雪駄《せった》をぬいで勝手に上がり込み、奥の唐紙を引き開けた。

長火鉢の前に、小夜が一人ぽつねんと座っている。

「どうしたい？　朝からしけた面をして」

「おるいさん、殺されちゃったわ」

「えっ」

直次郎は瞠目《どうもく》した。

「やっぱり、そうだったか」

「やっぱり？」

「殺された女の名を見て、ひょっとしたらと思ってな」

「江戸なんかにもどってこなきゃよかったのに」

放心したように小夜がつぶやく。

「佐吉って男は何者なんだ？」

「上方の菓子職人。江戸で一旗揚げたいから一緒についてきてくれって、佐吉さんからさそわれたんですよ、おるいさん」

「どこで知り合ったんだ」

「小田原」

「それにしても」

やり切れぬように直次郎はため息をついた。

「せっかくおめえに拾ってもらった命を、また江戸で落としちまうなんて、運のねえ女だな」

「亀井町の廻り髪結いから聞いた話なんだけど、おるいさん、佐吉さんの手をにぎったまま死んでたんだって」

そういって小夜は声をつまらせ、ほろりと涙をこぼした。

「せつない話だが」

と、直次郎が腰を上げて、

「おめえがくよくよしたってはじまらねえ。忘れるこったな」

「旦那」

小夜がキッと顔を上げて、咎《とが》めるような口調でいった。

「どうにかならないんですか」

「何が」

「辻斬りですよ。このままほっといたら、また罪のない人が殺される。奉行所はそれを黙って見てるつもりなんですか」

「下手人は侍だ。町方が手を出せるような事件《やま》じゃねえ」

「そう」

ふっと皮肉な笑みを浮かべて、

「聞くだけ野暮《やぼ》だったわね」

と、頰の涙を指先で拭き取り、小夜はすっくと立ち上がった。

「さ、仕事、仕事」

「出かけるのか」

「着替えしなきゃならないから。さ、出て行って下さいな」

「わかった。わかった」

小夜の家を出ると、直次郎は室町三丁目の附木屋《つけぎ》に立ち寄った。

附木とは杉や檜《ひのき》を薄く削った板に硫黄《いおう》を塗ったもので、行燈に火をいれたり、薪《たきぎ》に火を移すときに用いる、現代のマッチのようなものである。別名「火木《ほぎ》」ともいう。

一般の民家はもとより、町奉行所でも欠かせない必需品であった。無断で奉行所を抜け出した直次郎は、外出の口実を作るために附木を一束買って帰途についた。

室町三丁目にさしかかったときである。

「仙波」

人混みの中で、ふいに声をかけられた。振り向くと、秋元彦四郎が足早に歩み寄ってきた。

「よう、彦四郎」

「買い物か」

「ああ、おぬしは？」

「聞き込みだ」

「というと、辻斬りの一件か」

「うむ。ようやく手がかりをつかんだぞ」

歩きながら、彦四郎がいった。

「刀剣屋や古物商を洗ってみたんだが、さっぱりらちが明かんので、刀の研師《とぎし》を当たってみたのだ」

刀剣屋や古物商が古刀の売買をするときは、事前にかならず刀を研ぎに出す。研ぐことによって切れ味や美観が加わり、その刀の真価が表れるからである。

「さっそく手応えがあった。町研師の竹屋長兵衛《たけやちょうべえ》のところに何度か刀の研ぎを依頼してきた者がいる」

「何者なんだ？　そいつは」

「市次郎という古物の仲買《なかがい》だ。いまからその男の家を訪ねてみようと思っている」

「素直に吐くかな」

「腕ずくでも吐かせてみせるさ」

彦四郎は自信ありげに笑ってみせ、

「おぬし、今夜空いてるか」

と訊いた。

「おれはいつでも空いている」

「じゃ、久しぶりに飲もう。六ツ（午後六時）ごろ丸太新道《まるたしんみち》の『ときわ』で落ち合わんか」

「いいだろう」

日本橋の南詰で直次郎と別れ、彦四郎は平松町《ひらまつ》に向かった。

金物屋、刃物屋、小間物屋などの小店が軒をつらねる小路の奥まったところに、市次郎の仕舞屋《しもたや》があった。戸口に『御刀・脇差買い取り』と小さな木札がぶら下がっている。

彦四郎が腰高障子を引き開けて三和土《たたき》に立つと、

「いらっしゃいまし」

と、奥から市次郎が出てきた。

「御差料の御用でございますか」

「いや、少々訊ねたいことがあるのだが」

「失礼でございますが、お武家さまは？」

警戒するような眼つきで、市次郎が訊いた。

表向きは古物仲買という触れ込みになっているが、その裏で市次郎は贓物《ぞうぶつ》（盗品）や禁制の舶来品なども取り引きしていた。初見の彦四郎に警戒心をいだくのも無理はない。

「御徒目付組頭《おかちめつけくみがしら》の秋元と申す。そのほうの商い、近ごろ繁昌してるそうだな」

「と、とんでもないことでございます。この不景気なご時世ですから、手前どもの商売もさっぱり」

「とぼけるな。調べはついてるんだぞ」

「調べ、と申しますと？」

「研師の竹屋長兵衛から聞いた。結構な業物《わざもの》を研ぎに出しているそうではないか」

「あ、あの、それは」

と、いい淀むのへ、

「備前長船《びぜんおさふね》、長曾祢虎徹《ながそねこてつ》、相州正宗《そうしゅうまさむね》。いずれも五十両は下らぬという名刀ばかりだ」

畳み込むように彦四郎がいった。さすがに市次郎も二の句がつげない。青ざめた顔で沈黙した。

「正直に申せ。その刀をどこの誰に売った？」

「それだけはどうかご勘弁下さいまし」

「いえぬと申すのか」

「なにとぞ、ご容赦のほどを」

と、すばやく彦四郎の手に小判をにぎらせた。

「おれを見くびるなよ」

彦四郎は憤然とそれを叩きつけて、

「どうしてもいえぬと申すなら致し方ない。番所にきてもらおうか」

「ご、ご番所に！」

「さ、こい」

市次郎の胸ぐらをむんずとつかんだ。

「お、お待ち下さい！　申し上げます。申し上げますので、それだけはご勘弁を！」

と平蜘蛛《ひらぐも》のように低頭しながら、『伏見屋』に売り渡したことを白状した。

「『伏見屋』？　駿河町の呉服問屋か」

「はい」

「『伏見屋』はそれを何に使った？　公儀筋への賄賂《まいない》か」

「そ、そこまでは手前も存じません。ただ、掘り出し物が見つかったらすぐに届けてくれと『伏見屋』さんから申しつかりまして。それ以外のことは何も聞いておりません」

どうやらその言葉に嘘はないようだ。

『伏見屋』が市次郎から買い入れた刀剣を公儀筋への賄賂として使ったとしても、そのことをわざわざ市次郎に打ち明けたりはしないだろう。

彦四郎もそれ以上は追及しなかった。

5

「妙な雲行きになってきたな」

猪口を口に運びながら、直次郎がつぶやいた。

京橋丸太新道の小料理屋『ときわ』の小座敷である。開け放った窓の外で、呉《くれ》竹《たけ》の笹葉が涼しげにそよいでいる。

「商人《あきんど》が趣味で刀剣を買い集めていたとは思えんからな。武家筋への賄賂と見て間違いあるまい。問題は……」

と彦四郎が首をかしげて、

「賄賂の見返りに『伏見屋』は何を得たのか、だ」

「彦四郎」

ことりと猪口を卓の上に置いて、直次郎が顔を上げた。

「『結城屋』の事件のあと、『伏見屋』に御公儀御用達の看板が下賜《かし》されている。そのことと何か関わりがあるのかもしれんぞ」

「しかし」

と彦四郎は否定的に首をふった。公儀出入りの呉服商を選定する権限は大奥が持っている。その大奥に食い込むために刀を賄賂に使うというのはいかにも不自然だ。

「間に立って口利《くちき》きをした者がいた、ということは考えられんか」

「うむ。それはあり得るな」

「大奥に顔の利く役職というと……、何がある?」

「上は老中《ろうじゅう》から下は広敷《ひろしき》の役人まで、いろいろあるさ」

「その中に『伏見屋』と通じている者がかならずいるはずだ。その線を調べてみたらどうだ」

「やってみよう」

「古物仲買の市次郎はどうする？　このままほっといていいのか」

「あの男の目的は金儲けだけだ。辻斬りの一件とは関わりがない」

彦四郎が断言した。

事実、市次郎は『伏見屋』の求めに応じて刀を売りさばいただけである。辻斬りの張本人・坂崎勘解由とはまったく面識はない。その意味ではたしかに事件とは無関係の男だが、このとき彦四郎は自分が犯した重大な過失に気づいていなかった。市次郎に自分の素性を明かしてしまったことを忘れていたのである。

——御徒目付組頭が探索に動いている。

その情報は、翌日、市次郎から『伏見屋』のあるじ・宗右衛門に伝えられ、さらに宗右衛門から坂崎家の古垣徳之助へと伝えられた。

「御徒目付組頭の秋元彦四郎か」

古垣が押しつぶしたような声でいった。

前述したとおり、御徒目付は旗本《はたもと》・御家人を監察し、その非違《ひい》を糾弾《きゆうだん》する目付の配下であり、現代でいえば、検察特捜部にも匹敵する強大な司法権力を持っていた。大身《たいしん》旗本といえども、いったん目付や徒目付ににらまれたら、赤子のように無力なのだ。

「早晩、手前どものほうにも探索の手がおよぶのではないかと」

宗右衛門の声も苦い。

「その方に探索の手が迫れば、わしらも一蓮托生《いちれんたくしょう》だ。なんとしてもその前に手を打っておかなければ」

「何か妙策《みょうさく》はございませんでしょうか」

宗右衛門の顔にも態度にも、いつものしたたかさはなかった。顔は青ざめ、怯《おび》えるように眼が泳いでいる。

腕を組んでしばらく思案したのち、古垣がゆっくり顔を上げて、

「その件、わしらが内々《ないない》に処理しよう」

といった。

内々に、という意味は宗右衛門にも察しがついている。というより、それを依頼するために来邸したことは、持参してきた紫縮緬《ちりめん》の袱紗《ふくさ》包みを見れば一目瞭然《いちもくりょうぜん》だった。

「お手数をおかけいたしますが、一つよろしくお願い申し上げます」

神妙な面持ちで頭を下げ、袱紗包みを差し出した。

古垣はそれを無造作に押し開いて、中身の切り餅をふところにねじ込みながら、

「ところで『伏見屋』」

剣呑な眼差しで見返した。

「こうなると、古物仲買の市次郎という男も目障《ざわ》りだ」

「は？」

「早めに手を打っておいたほうがよいぞ」

いいふくめるような口調だった。つまり、市次郎のことは、そっちで始末しろといっているのである。目的が口封じであることはいうまでもない。

「かしこまりました。では」

と一礼して坂崎邸を退出すると、宗右衛門はその足で根津権現門前町に向かった。

「ねえ、おまえさん」

女が鼻を鳴らして、市次郎の肩にしなだれかかってきた。
二十四、五の豊満な体つきの女である。とりたてて美人ではないが、目元と唇に妙な色気がある。いわゆる男好きのする女である。名は、お常《つね》という。
堀留の居酒屋で酌婦をしていたこの女を、市次郎が見そめて囲い者にしたのは三月《みつき》前だった。それ以来、市次郎は毎夜のごとく伊勢《いせ》町のこの家に通いつづけている。

お常が市次郎の耳元に口を寄せて、ささやくようにいった。

「貸家暮らしにも飽《あ》きちまったから、そろそろ家の一軒も買ってくださいな」

「家の一軒とは、大きく出たもんだな」

猪口の酒をなめながら、市次郎は苦笑した。

「それぐらいのお金は十分稼いだんじゃないですか。『伏見屋』さんをたぶらかして」

「おいおい、人聞きの悪いことをいうんじゃねえぜ」

「買うのが無理なら、もう少し広い家を借りてくださいな」

「わかった。考えておこう」

といって猪口に酒を注ごうとすると、お常がその手を押さえて、

「もう、そのへんでお酒は切り上げて」

いきなり市次郎の股間に手を差し込んだ。

「お常」

「そろそろ……、ね？」

お常が上目づかいに見て、色っぽく微笑《わら》った。その笑みに引き込まれるように、市次郎は飲みかけの猪口を盆の上に置いて、お常の体を引き寄せた。

口を吸いながら、手早く帯を解く。着物の前が乱れる。扱《しご》きをほどき、長襦袢ごと着物を剝《は》ぎ取る。両の乳房がたわわに揺れた。

お常を押し倒し、乳房をわしづかみにして吸う。

「あ、ああ」

と声を上げて、お常が上体をのけぞらせる。片手で腰巻を引き剝ぐ。腰のまわりにもたっぷり肉がついている。

もちろん市次郎には女房がいる。三つ下の三十九歳である。お常はそれより一回り以上若く、肌にもまだ張りがある。

乳房を吸いながら一方の手で恥丘を撫で下ろす。手のひらにざらざらと秘毛の感触が伝わる。かなりの剛毛である。この手ざわりが何ともいえない。

お常が催促するように股を開いた。切れ込みに指を這わせ、肉芽をつまむ。

「あっ」

と、小さな声を発した。市次郎の指が壺に入る。その指をくわえ込むように壺口が収縮する。肉襞《にくひだ》が熱くうるんでいる。

市次郎は体を離して、もどかしげに着物を脱いだ。下帯をはずすと同時に、一物が発条《ばね》仕掛けのように飛び出す。俗に「雁首《かりくび》六寸胴返《どうがえ》し」といわれる巨根である。

お常の膝を立たせ、左右に押し広げる。切れ込みがむき出しになる。

「早く！」

とお常が叫ぶ。膝の間に腰を入れて、怒張した一物を壺口にあてがうと、たまらずお常のほうから尻を上げて、それをくわえ込んだ。

「あ、いい、いい！」

白眼をむいて、お常が狂悶する。

そのとき、玄関で戸を引き開ける音がしたが、二人はまったく気づいていない。

がらり。

襖が開け放たれて、はじめて二人は異変に気づいた。体を離して振り向くと、廊下に無言の影が二つ立っていた。

「な、何だい！　おまえさんたちは！」

市次郎が叫ぶのと、二つの影が飛び込んでくるのが、ほとんど同時だった。頰かぶりをした二人の男が、物もいわず長脇差《ながどす》を抜き放って二人に斬りかかってきた。

「うわッ」

悲鳴を上げてのけぞったのは市次郎である。首の血管《ちくだ》を裂かれ、部屋中に鮮血が飛び散った。

「た、助けて！」

お常が全裸で逃げ回る。その背中に長脇差が突き刺さった。切っ先が背中をつらぬいて白い胸乳《むなぢ》に飛び出した。お常は泣きも叫びもせず、前のめりに崩れ落ちた。尻の肉がひくひくと痙攣している。が、すぐにその動きが止まった。

二人の男は、脱ぎ散らかされた着物で長脇差の血を拭き取ると、頰かぶりをはらりと外して部屋を出て行った。

その二人は、〝金蛇《かなへび》の安〟こと根津の地廻り・安蔵と弟の巳之吉であった。

第五章　裏切り

1

松尾新之助がつとめる御納戸頭《おなんどがしら》の詰所は、江戸城本丸、中《なか》ノ口《くち》の奥にあった。

この詰所で将軍の衣服や調度の出納《すいとう》、大名旗本から献上された金銀・衣類などを管理するのが新之助の仕事である。定員は二名で、その下に補佐役の組頭が二名ずつ、御納戸衆が二十四名ついている。

無役の小普請組《こぶしんぐみ》から七百石の御納戸頭への出世は異例中の異例である。

就任当時、新之助の周辺では羨望《せんぼう》やねたみの声とともに、

――金で役職を買った。

という誹謗中傷《ひぼうちゅうしょう》もささやかれたが、新之助の謹厳実直《きんげんじっちょく》な勤務ぶりを見て、日ごとに周囲の眼も変わってきた。補佐役の組頭たちも、近ごろは気安く声をかけてくれる。

午《ひる》少し前、新之助は詰所を出て大廊下を抜け、玄関脇の御徒目付組頭《おかちめつけくみがしら》の詰所に向かった。

詰所の前の廊下にさしかかったとき、ちょうど中から秋元彦四郎が出てきた。

「彦四郎」

と声をかけると、彦四郎が笑いながら歩み寄ってきて、

「どうだ、新しいお役には慣れたか？」

「まあな」

新之助は、なぜか浮かぬ顔でうなずき、

「出かけるのか」

と訊き返した。

「紅葉山《もみじやま》の見廻りに行くところだ。よかったら一緒に行かんか。気晴らしになるぞ」

「うむ」

二人は連れ立って玄関を出た。

紅葉山とは、江戸城西《にし》の丸《まる》の北側にある小高い丘のことである。この丘には、元和《げんな》四年（一六一八）に徳川家康の霊廟《れいびょう》が建てられて以来、歴代将軍の廟が設けられた。これを御霊屋《みたまや》という。

また、紅葉山には幕府の具足蔵《ぐそくぐら》や鉄砲蔵、書物蔵、屏風《びょうぶ》蔵などがあり、それらを見廻るのも徒目付の重要な仕事であった。

霊廟の周囲は瓦塀《かわらべい》で囲われている。その瓦塀に沿った小道を歩きながら、

「近ごろ、千鶴どのの姿を見かけんが、元気なのか？」

彦四郎が訊いた。新之助の妹・千鶴は、彦四郎の組屋敷ちかくの茶の湯の師匠の家に茶の稽古《けいこ》に通っていた。帰邸の途中よく千鶴の姿を見かけたものだが、最近はさっぱり見かけない。

「まさか嫁に行ったのではあるまいな」

彦四郎が冗談まじりにそういうと、新之助は気まずそうに眼をそらして、

「それより、おぬしに折り入って相談があるのだが」

「相談？」

「少々混み入った話なので、ここでは……」

といって、新之助は落ちつかぬ眼であたりを見回した。

瓦塀に沿った小道を、御霊屋坊主や紅葉山火之番《ひのばん》の小役人などがひっきりなしに行き交《か》っている。人に聞かれてはまずい話があるようだ。

「今夜五ツ（午後八時）、両国の『船松』という船宿にきてもらえんか」

「それはかまわんが」

彦四郎がいぶかる眼で見返し、

「顔色がよくないぞ。何か悪いことでもあったのか」

「くわしい事情《わけ》は、会ったときにゆっくり話す。じゃ今夜『船松』で」

と、足早に立ち去る新之助のうしろ姿を、彦四郎は釈然とせぬ思いで見送った。

父親の病没後、無役の小普請組に落ちて三年。ようやく七百石の御納戸頭に〝お番入り〟が叶《かな》ったというのに、新之助の顔にはその喜びも感動もなかった。

（いったい何があったのだろう？）

秋元彦四郎の組屋敷は本郷三丁目にある。

加賀前田家の上屋敷からほど近い、閑静な屋敷町の一角。敷地三百坪ほどの拝領屋敷である。

六ツ半（午後七時）を少し回ったころ、彦四郎は屋敷を出た。

湯島をぬけて昌平橋に出、そこから神田川沿いに川下に向かって小半刻（約三十分）も歩くと、浅草御門橋の北詰に出る。この橋を渡った左側が両国広小路である。

船宿『船松』は、東両国の垢離場《こりば》近くにあった。屋形船一艘《そう》、屋根舟三艘、猪牙舟五艘を所有する東両国一の船宿である。

ちなみに垢離場とは、大山《おおやま》信仰の職人や人足《にんそく》、鳶《とび》といった勇《いさ》み肌が垢離をとる場所で、東両国の橋詰の川原にあった。岸から川に下りる石段があり、川底には石が敷きつめてある。『東都歳事記《とうとさいじき》』によると、垢離をとる者たちは、手ごとにわらしべ（稲の穂）を持って川にひたり、

「さんげ、さんげ」

「ろっこんざいしょう」

と声高《こわだか》に唱えて、わらしべを水中に投じて無病息災《むびょうそくさい》を祈念《きねん》したという。

「さんげ、さんげ」は慙愧《ざんき》・懺悔《ざんげ》の意であり、「ろっこんざいしょう」は六根罪

障を意味する。

その垢離場から南へ半丁（約五十四メートル）ほど行くと、『船松』の網代門《あじろもん》が見えた。

門柱に屋号を記した掛け行燈《あんどん》が灯《とも》っている。

土手道を下りて『船松』の網代門に歩み寄ると、奥から小走りに人影が出てきて、

「彦四郎」

と低く声をかけてきた。松尾新之助である。

「待たせたか」

「いや、おれもいま着いたばかりだ。行こう」

新之助があごをしゃくった。

「どこへ行く?」

「涼み舟を仕立てた。たまには舟遊びも悪くあるまい」

「七百石取りの旗本となると、遊び方も派手になるものだな」

といって、彦四郎は笑ってみせた。むろん冗談のつもりだったが、なぜか新之助は憮然《ぶぜん》と顔をそむけ、むっつり押し黙ったまま川原に向かって歩を速めた。

背丈ほど生い茂った葦《よし》の茂みの中に、川岸に向かって細い道がつづいている。

ほどなく前方に船着場の栈橋が見えた。一艘の屋根舟が舟行燈を灯してひっそりと栈橋にもやっている。

と、突然、新之助が栈橋に向かって一目散に走り出した。

「新之助！」

追おうとした瞬間、屋根舟の中から二人の侍が飛び出してきて、彦四郎の前に立ちふさがった。赤座伝七郎と矢頭源十郎である。

一瞬、彦四郎は事態が理解できなかった。

「新之助、どういうことだ、これは！」

新之助は無言のまま背を向けた。彦四郎の背後で葦の茂みがざわざわと揺れた。振り返ると、三間（約五・四メートル）ばかり後方に、手槍を持った古垣徳之助が仁王立ちしていた。

「お、おぬしたちは！」

「気の毒だが、死んでもらおう」

古垣がそういうと同時に、赤座と矢頭が刀を抜き放った。

「謀《はか》ったな！　新之助！」

叫びながら彦四郎も抜刀した。新之助は背を向けたまま振り向こうともしない。

赤座と矢頭が猛然と斬り込んできた。とっさに彦四郎は体を開いて赤座の切っ先をかわし、刀の峰で矢頭の刀刃をはね上げた。息つくひまもなく赤座が斬りかかってくる。

きーん。

刃と刃が嚙み合い、激しく火花が散る。

矢頭が左に跳びながら斬撃を送ってきた。これは見せ太刀である。その隙に赤座が右にまわり込んで、横殴りの一刀を浴びせた。

間一髪、跳び下がってかわしたが、切っ先は彦四郎の右肩口をかすめ、衣服を切り裂いた。血がほとばしる。右腕に激痛が奔り、柄《つか》をにぎる手がしびれた。

刀を左手に持ち代えて闘う。右手はただ柄に添えているだけである。劣勢は明らかだった。じりじりと川っぷちに追い込まれる。

斬り合いを静観していた古垣が、

「そろそろ楽にしてやろう」

といって、おもむろに手槍の鞘を払った。赤座と矢頭がさっと左右に開く。

手槍を構えて、古垣は彦四郎の正面に立った。

「なぜだ。なぜ、このおれを？」

彦四郎がうめくように問いかけた。肩の傷口から流れ出した血が、右腕をつたって足元にぼたぼたとしたたり落ちている。

「貴様は深追いしすぎた。辻斬りの件でな」

古垣が鼻でせせら笑う。

「そうか、そういうことだったか」

彦四郎の顔に怒りがわいた。古垣がびゅんと手槍をしごく。

彦四郎は川を背にして、刀を青眼につけた。

古垣は手槍を腰の位置で水平に構え、右手を石突《いしづき》に添えながら足をすった。

槍の穂先と彦四郎の剣尖との間は一尺（約三十センチ）ばかりに迫っている。

突いてきたら右か左にかわすしか防御の方策はない。むろん古垣もそれを読んでいるはずだ。

右を突いてくるか、左を突いてくるか。

彦四郎は神気を研ぎすまして古垣の動きを見守った。赤座と矢頭は動く気配はない。

数瞬、息づまる対峙がつづいたあと、古垣の右足がかすかに動いた。

(右からくる)

と見て、彦四郎が左に跳んだ瞬間、古垣の槍の穂先はその動きに合わせて左を突いてきた。完全に裏をかかれたのである。さすがにかわし切れなかった。

ぐさっ。

と、手槍の穂先が彦四郎の脾腹《ひばら》をつらぬいた。尖端が背中に飛び出している。思わず彦四郎は右手で槍の千段巻《せんだんまき》をにぎりしめた。

赤座がすかさず横合いからその手を叩き斬った。同時に古垣が槍を引き抜く。切断された彦四郎の手首が、千段巻をにぎったまま槍にからみついている。

槍を引き抜かれた反動で彦四郎の体が大きくのけぞり、ざぶんと水音を立てて大川に転落した。無数の水泡とともに浮き上がった彦四郎の死体が、ゆっくり川下に流れてゆく。

古垣は、手槍の千段巻にからみついた彦四郎の手首を刀でそぎ落とし、懐紙で血を拭き取ると、桟橋に茫然《ぼうぜん》と突っ立っている新之助に、

「終わったぞ。手締めの酒でも飲もう」

と声をかけて悠然《ゆうぜん》と背を返した。

『船松』の二階座敷には、すでに酒席がととのっていた。

「これで後顧《こうこ》の憂《うれ》いも消え失せた。まずは祝着《しゅうちゃく》、祝着」

高笑いを上げて酒を酌みかわす三人のかたわらで、新之助は一人沈痛な表情で猪口をかたむけていた。彦四郎の悲惨な姿がまぶたをよぎる。保身のためとはいえ、旧友を裏切った罪悪感と自己嫌忌《けんき》がきりきりと胸を締めつける。

「秋元彦四郎を『船松』の裏手の川原におびき出してもらいたい」

と古垣に頼まれたのは、昨日の夕刻だった。

彦四郎が坂崎勘解由と奥右筆の宗像典膳との癒着《ゆちゃく》をひそかに調べている。その事実が表沙汰《おもてざた》になれば、新之助の「お番入り」も白紙撤回ということになりかねない。

「貴殿にとっても、わしらにとっても秋元は邪魔なのだ」

と古垣はいった。お互いの利益のために彦四郎を抹殺しようという算段である。

もちろん新之助は迷った。彦四郎との友情をとるか、七百石の役職をとるか、究極の選択を迫られたのである。迷いに迷ったすえに、新之助は後者を選択した。

「どうした、松尾どの。さっぱり酒が進まんではないか」

古垣が銚子を差し出した。

「秋元の供養の酒だ。さ、飲んだ。飲んだ」

と赤座もあおり立てる。新之助は注《つ》がれた酒を放り込むように飲み下し、突き刺すような眼で三人を見た。

「わたしはあなた方の要求に二度応え申した。一度目は妹の千鶴を奥右筆の宗像さまに差し出したこと、二度目は今夜の一件。これで〝お番入り〟の謝礼は十分つくしたはずです」

語気のするどさに、三人は鼻白《はなじら》むような面持ちで顔を見交わした。

「あなた方との関わりも今夜が最後と心得ていただきたい」

「つまり」

ぎろりと古垣が見返した。

「わしらと縁を切りたいと申すのか」

「今夜、この場かぎりで」

というなり、新之助は居たたまれぬように席を立ち、

「ごめん」

一礼して、座敷を出て行った。

「松尾どの！」

あわてて追おうとする矢頭を、

「捨ておけ」

と古垣が制した。

「あの男はもう用済みだ。これ以上つなぎ止めておく理由は何もあるまい」

2

仙波直次郎が彦四郎の死を知ったのは、翌日の午後だった。情報源はもちろん例繰方の米山兵右衛門である。

兵右衛の話によると、今朝六ツ（午前六時）ごろ、大川の河口、石川島《いしかわじま》の岸辺で秋元彦四郎の斬殺死体が発見されたという。

見つけたのは人足寄場《よせば》の下役人だった。身元はすぐに判明した。公儀目付《こうぎめつけ》が死体を検分し、亡骸《なきがら》は昼ごろ彦四郎の組屋敷に搬送されたという。

――彦四郎が死んだ。

にわかには信じられなかったし、信じたくもなかった。

飄逸《ひょういつ》な一面、豪放磊落《ごうほうらいらく》で正義感のつよい男だった。互いに役職も身分も違うので、ふだんはあまり顔を合わせる機会はなかったが、気心だけは誰よりも通じていた。「生涯の友」と呼べる唯一無二の男だった。

直次郎の胸に久しく忘れていた悲しみという感情が、耐えがたい痛みとなって込み上げてきた。時の経過とともに、悲しみは怒りに変わっていった。

「早引《はやび》けしますので、何かあったらよろしくお願いします」

兵右衛にそういいおいて、直次郎は定刻より半刻（一時間）ほど早く奉行所を退出し、その足で本郷三丁目の彦四郎の組屋敷に向かった。

彦四郎は妻の志津《しづ》と二人で暮らしていた。結婚して十年。直次郎同様、子に恵まれなかったが、周囲もうらやむほど夫婦仲はよかったという。

悲嘆に暮れる志津の姿を思うと気が重かった。

まだ訃報《ふほう》が伝わっていないのか、門前に弔問者の姿はなかった。ひっそりと静まり返っている。冠木門《かぶきもん》をくぐって玄関に入った。

足音を聞きつけて、奥から喪服姿の志津が出てきた。

志津には二年ほど前に一度会ったことがある。上品な面立《おもだ》ちをした物腰の奥ゆかしい女性というのが第一印象だったが、二年ぶりに見る志津は、そのときと少しも変わっていなかった。

「このたびはご愁傷《しゅうしょう》さまで。心からお悔《く》やみ申し上げます」

沈痛な面持ちで直次郎が頭を下げると、志津は気丈《きじょう》にも微笑を見せて、

「わざわざありがとう存じます。どうぞお上がり下さいませ」

と、丁重《ていちょう》に奥の居間に案内した。

彦四郎の亡骸はすでに荼毘《だび》に付されたらしく、部屋の正面にしつらえられた簡素な祭壇には、白布で包まれた骨壺とともに真新しい位牌《いはい》が祀《まつ》られていた。

その前に正座して、直次郎は位牌に線香を手向《たむ》け、しずかに眼を閉じて合掌《がっしょう》した。あらためてやり場のない怒りと悲しみが込み上げてくる。不覚にも涙がこぼれた。

「志津どの」

焼香を終えて、直次郎がゆっくり振り向いた。

「その後、目付衆から何か知らせでも？」

「ご検死役のお目付さまから遺体の傷についての説明がございました」

「傷というと、刀傷ですか」

「はい。右の肩に深さ一寸ほどの傷があったそうです。それに」

といいかけて、志津は声をつまらせたが、すぐに気を取り直して、

「右の手首が切り落とされていたと」

「手首が！」

直次郎は愕然《がくぜん》と息を呑んだ。

心抜流道場でも、彦四郎は直次郎と一、二を争うほどの達人だった。右肩の傷はともかく、利き手の右手首を切り落とされたとなると、敵はそれ以上の剣の遣い手ということになる。さらに志津はおどろくべきことを告げた。

彦四郎の致命傷は、左脇腹から背中を貫通した刺し傷だったという。もしそれが刀傷だとすると、敵は彦四郎の内懐《うちぶところ》に深々と踏み込んで突き刺したとしか考えられない。

だが、果たして彦四郎にそれほどの隙があったのだろうか。と考えたとき、

（そうか）

卒然《そつぜん》と直次郎の脳裏《のうり》をよぎるものがあった。

先夜、初音《はつね》の馬場の雑木林で、辻斬り一味とおぼしき四人組の覆面の侍に斬りつけられたことを思い出したのである。一人は手槍《てやり》の遣い手だった。無我夢中で

逃げ出したので、四人の襲撃をどうかわしたかは定かに憶えていないが、矢のようにくり出された手槍の速さだけは鮮明に憶えている。

(あれだ)

直次郎は確信した。彦四郎の脇腹の刺し傷は手槍《てやり》によるものに違いない。さすがの彦四郎も手槍の攻撃だけはかわしきれなかったのであろう。

「ところで、志津どの」

直次郎がためらいがちに訊いた。

「今回の事件のことで何か思い当たることでも?」

「さあ」

志津は困惑したように首をかしげながら、

「いつもと様子は変わりませんでした。一度帰宅して六ツ半(午後七時)ごろ、松尾さまに会いに行くといって出かけましたが」

「松尾とは、松尾新之助のことですか」

「はい」

「どこで会うと?」

「行き先は申しておりませんでした」

「そうですか」

「あ、失礼いたしました。すぐお茶の支度《したく》を」

と立ち上がる志津に、

「おかまいなく」

といって、直次郎はふたたび祭壇に手を合わせ、ゆったりと腰を上げた。

「おつらいでしょうが、どうかお力落としのないように」

「ありがとうございます」

志津に見送られて、直次郎は屋敷をあとにした。


彦四郎の死もつらいが、それ以上に志津の今後のことが気がかりだった。

子供のいない秋元家は改易《かいえき》になるだろう。いわゆる「無嗣断絶《むしだんぜつ》」である。そうなると組屋敷も召し上げになり、志津は屋敷を出て行かなければならない。

志津は、幕府の御馬方《おうまかた》・田沢忠左衛門《たざわちゅうざえもん》の一人娘である。両親はまだ健在で、本所松坂町《ほんじょまつざかちょう》の組屋敷に住んでいると聞いた。おそらく当面は実家に身を寄せることになるだろう。

陽は西の空に没していたが、家並みの向こうにはほんのり茜《あかね》色の残照がにじんでいた。

八丁堀の組屋敷には帰らず、直次郎は奉行所にもどった。

時刻は六ツ（午後六時）を回っている。昼間は与力同心がひっきりなしに行き交う中廊下も、さすがにこの時刻になると人影が絶えてひっそり静まり返っている。

自分の用部屋に入り、行燈に灯を入れる。

書棚から旗本武鑑を取り出した。頁《ページ》を繰《く》って「松尾」の名を探す。

――松尾新之助。

古い武鑑なので役職の欄には「小普請組」とだけ記されていた。屋敷は小石川柳町。それを確かめると、直次郎は武鑑を閉じて書棚にもどし、部屋を出た。

奉行所を出て小石川に足を向けた。

東の空にぽつんと月が浮かんでいる。

水戸《みと》藩上屋敷の築地塀に沿ってしばらく行くと、闇の奥に黒々と茂る樹影が見えた。伝通院《でんづういん》の叢樹《そうじゅ》である。このあたりは寺が多い。かすかに仏法僧《ぶっぽうそう》の鳴き声が聞こえてくる。

松尾新之助の拝領屋敷は、小石川柳町の北はずれにあった。

門構えは、片番所付きの長屋門。すでに門扉は閉ざされていたが、番所の窓には明かりが灯っていた。門番に来意を告げると、ややあってくぐり戸が開き、用人とおぼしき初老の侍の案内で表小書院《こじょいん》に通された。

松尾新之助には、柳橋の船宿『卯月』で一度会っている。といっても、言葉をかわしたわけではない。四人連れで入ってきた新之助を瞥見《べっけん》しただけである。おそらく新之助のほうは覚えていないだろう。

ほどなく新之助が入ってきた。

「夜分恐れ入ります。南町奉行所同心・仙波と申します」

直次郎はあえて初見をよそおい、丁重に頭を下げた。

「火急《かきゅう》の用と申されると？」

新之助が探るような眼で訊いた。

「秋元彦四郎が殺された件、ご存じですかな」

「彦四郎が！　……ま、まさか！」

新之助は大げさにおどろいて見せた。それが芝居であることを、むろん直次郎は知るよしもない。

「ご存じなかった？」

「知りませんでした。それはまことですか」

「今朝方、石川島で死体が見つかったんです」

「…………」

悲痛な面持ちで新之助は唇を嚙んだ。

「昨夜、彦四郎はあなたに会うといって屋敷を出たそうですが」

「ええ、浅草鳥越の小料理屋で酒を飲みました。先日、わたしの〝お番入り〟の祝宴に出席してくれた返礼に、わたしが一席もうけたのです。他愛のない昔話をしながら酒を酌み交わして、四ツ（午後十時）ごろに別れました」

「そのあと、どこかに立ち寄るというようなことは？」

「いいえ、まっすぐ屋敷に帰ると申しておりました。しかし」

と、新之助がいぶかしげな顔で、

「町奉行所同心の貴殿がなぜこの事件を？」

被害者は武士なのだから、町奉行所は管轄《かんかつ》違いではないか、といいたげな口調である。

直次郎がかぶりを振った。

「手前は役目で動いてるわけじゃありません」

「と申されると？」

「彦四郎は十年来の剣友です。その彦四郎の身にいったい何が起きたのか、せめて事実だけでも知りたいと思いまして」

「わたしも同じ思いです。一刻も早く下手人《げしゅにん》が挙がることを祈るばかりです」

「また何かわかったらお知らせに上がります。夜分をわきまえず失礼つかまつりました」

一礼して、直次郎は屋敷を出た。

3

翌朝、奉行所に出仕する途中、紅葉川の川岸通りで小夜に出会った。いつもの地味な身なりとは打って変わって派手やかな黄八丈《きはちじょう》を身につけ、顔には薄化粧をほどこしている。髪結い道具の台箱も背負っていない。別人と見まごうばかりの変わりようである。

「どうしたんだい？　その恰好《かっこう》は」

直次郎がけげんそうに訊くと、

「きれい?」

いたずらっぽく笑って、小夜が訊き返した。

「馬子《まご》にも衣装だな」

「失礼ね」

ぷいと顔をそむけて、

「今日は仕事休んだの。これから髪油を買いに行こうと思って」

「どこまで行くんだ」

「京橋」

「そのへんで茶でも飲まねえか」

「おつとめがあるんでしょ?」

「なに、一刻や二刻遅刻したって、どうってことはねえさ」

「つとめ人はいいわね。お気楽で」

「傍目《はため》にはそう見えるが、これでも結構苦労が多いんだぜ」

「あ、そうそう」

小夜が思い出したように、

「ついさっき、うちの近くで事件があったわ」

「事件？」

「男と女の死体が見つかったんだって。しかも二人とも素《す》っ裸《ぱだか》で」

「素っ裸で？」

「お楽しみ中に殺されたみたい」

小夜が意味ありげに笑った。

「何者なんだい？　その男と女ってのは」

「古物仲買の市次郎って男とお妾《めかけ》さんだって」

「市次郎！」

思わず声を張り上げた。

「あら、旦那、知ってるの」

「うん、まあ」

直次郎は腕組みをして考え込んだ。

おぼろげながら事件の背景が見えてきたような気がした。秋元彦四郎殺しと市次郎殺しは、決して偶然に起きた事件ではない。辻斬り一味が二人の口を封じたのである。

そして、この二つの事件に呉服商『伏見屋』が関わっていることは、もはや疑いのない事実だった。

「気が変わった。おれは本所に行く」

直次郎がくるっと踵《きびす》を返した。

「ちょ、ちょっと旦那」

小夜があとを追って、

「本所のどこへ行くつもり？」

「万蔵に会いに行く」

「じゃ、あたしも……。いい？」

「勝手にするがいいさ」

にべもなくいって、直次郎は歩度を速めた。

二人が南本所番場町の万蔵の家をたずねると、裏の井戸端で古着の洗濯をしていた万蔵が手拭いで手を拭きながら出てきて、

「どうしたんですかい？　二人そろって」

けげんそうに二人の顔を交互に見やった。

「おめえに頼みてえことがあってな」

直次郎は古着の山のあいだにどかりと腰を下ろした。そのかたわらに小夜もち

ょこんと座り込む。ちょっと待っておくんなさい、といって万蔵が茶を淹れてきた。

直次郎は茶をすすりながら、これまでのいきさつを語り、

「『伏見屋』と辻斬り一味がつながってるのは間違いねえ。そこんところをおめえに調べてもらいてえと思ってな。むろん、手間賃は払う」

「急ぐんですかい、その仕事」

「できればすぐにでもかかってもらいてえんだが、都合の悪いことでもあるのか」

「じつは」

と、万蔵は気まずそうに頭をかきながら、

「半次郎から請けた仕事、しくじっちまいやしてね」

「巳之吉殺しか」

「へえ。目下手《もつか》をつくして野郎の行方《ゆくえ》を探してるところなんで。それを片づけねえことには」

「こっちの仕事にはかかれねえか」

「申しわけありやせん」

「わかった。巳之吉の居所はおれが探してやる」

「旦那が？」

「といっても、おれが直接やるわけじゃねえ。昔、おれの手先をつとめていた岡《おか》っ引《ぴき》に頼んでみる。いまは足を洗って堅気《かたぎ》の桶《おけ》職人になってるが、深川界隈《かいわい》には顔の利く男だ。造作もねえだろう」

「そうしていただければ助かりやす」

「旦那、あたしも手伝おうか」

小夜がいった。

「この仕事、おめえには無理だ。やめとけ」

「あ、そう」

憮然《ぶぜん》と立ち上がった。

「どうせ、あたしはかよわい女です。お役に立てなくてすみませんね」

捨て台詞《ぜりふ》を残して出てゆく小夜を、直次郎は苦笑を浮かべて見送り、

「じゃ、頼んだぜ」

と、万蔵の肩をポンと叩いて腰を上げた。

——九紋竜《くもんりゅう》の儀十《ぎじゅう》。

かつて直次郎の手先をつとめていた岡っ引の名である。

背中に見事な九匹の竜の刺青《ほりもの》があるところから、仲間内ではそう呼ばれていた。

齢は四十五。まだ隠居するような年齢ではないのだが、三年前に女房を亡くしてから、あっさり十手《じって》を返上して堅気の桶職人になってしまった。

現在は本所松井《まつい》町の小さな貸家に住んでいる。

「ごめんよ」

腰高障子を引き開けて三和土《たたき》に足を踏み入れると、奥の板間で仕事をしていた儀十が、

「仙波の旦那、お久しぶりでございます」

しわ面に笑みをきざんで振り向いた。

「精が出るな」

直次郎はちらりと家の中を見回した。六畳ほどの板敷きには、桶の材料となる檜《ひのき》や椹《さわら》、杉などの木片《きぎれ》、のみ、鉋《かんな》、鋸《のこ》、木槌《きづち》などの道具が散乱し、片隅に完成した手桶、小桶、たらいなどが山積みになっている。

「手間がかかるわりに利の薄い商売でしてね」

薄汚れた手拭いで、首すじの汗を拭いながら儀十がいった。

「おめえに桶屋は似合わねえぜ」

「好きではじめた商売ですから」

と笑いながら、膝をそろえて向き直り、

「今日は何の御用で？」

と訊き返した。直次郎は上がり框《がまち》に腰を下ろして、

「おめえ、巳之吉って船頭を知ってるか」

「巳之吉？」

儀十が小首をかしげた。

「深川の『浮舟』って船宿の船頭だ」

「若い野郎ですかい？」

「たぶんな」

女たらしの〝銀流し〟というのだから、若い男に違いない。

「近ごろの若い者のことは、さっぱり……。そいつがどうかしたんですかい？」

「いや、なに、おれの知ってる女が巳之吉にだまされたといって泣きついてきた

んで、落とし前をつけてやろうと思ってな」

「『浮舟』にはもういねえんですかい」

「ああ、逃《ふ》けちまったらしい。すまねえが儀十、そいつの居所を探してもらえねえかい」

「ほかならぬ旦那の頼みごとですから」

「やってくれるか」

「へい」

「恩に着るぜ。これはほんの気持ちだ」

儀十の前に小粒を一個置いて立ち上がった。

「旦那、そんなお気づかいは」

「遠慮はいらねえ。とっといてくれ」

いいおいて、直次郎は立ち去った。

松井町の路地を抜けると竪川に突き当たる。それを左に折れておよそ三丁(約三百二十七メートル)、前方に小さな木橋が見えた。一《ひと》ツ目《めの》橋である。その橋を渡ってさらに左に曲がり、川沿いに西に向かうと東両国に出る。

きつい陽差しが頭の真上にきていた。

立ちのぼる陽炎《かげろう》の向こうに、けだるげな町並みがある。

（やれ、やれ）

吐息をついて直次郎は足を止めた。額にもう汗がにじんでいる。

この酷暑の中、数寄屋橋の奉行所まで歩いて帰るのは、難行苦行だ。

（奮発《ふんぱつ》して猪牙《ちょき》に乗るか）

意を決して、直次郎は東両国の垢離場に向かった。

江戸には水路が網の目のように走っており、庶民の身近な交通手段として舟が使われた。現代のタクシーのようなものである。文化《ぶんか》年間（一八〇四～一八）の記録によると、江戸市中には六百余軒の船宿があり、屋根舟が五百余艘、猪牙舟が七百余艘あったという。

ちなみに猪牙舟の船賃は、三十丁（約三・三キロ）で百四十八文だった。

垢離場周辺には五軒の船宿がある。

直次郎は土手を下りて、川原の道を歩いた。

『船松』の船着場にさしかかったときである。桟橋の近くで釣りをしていた初老の男が「わッ」と飛び上がったのを見て、直次郎は小走りに駆け寄った。

「どうした？」

と訊くと、男はがくがくと口を震わせながら、

「あ、あれを！」

一方を指さした。草むらの中を一匹の野良《のら》犬が何かをくわえてのっそりと歩いている。よく見ると、犬がくわえているのは腐乱した人間の手首だった。

「手首！」

それも男の右手首である。犬が出てきたあたりを見回してみると、踏みしだかれた草むらに赤黒く凝固した血痕が散っていた。かなりの量である。

（彦四郎はここで斬られたのだ）

そう直感したが、同時にべつの疑念がわき立った。

浅草鳥越の小料理屋で松尾新之助と酒を飲んだあと、彦四郎はなぜ一人で東両国のこの場所にきたのか。彦四郎の組屋敷は本郷である。帰り道とはまるで正反対ではないか。

（ひょっとすると）

新之助と別れたあと、この近くの船宿で誰かと会ったのかもしれない。

念のために五軒の船宿を当たってみることにした。

最初にたずねたのは、船着場に一番近い『船松』だった。

「秋元彦四郎さま？」

　応対に出た五十年配の番頭がかぶりを振って、

「一昨夜お見えになったお侍さまの中に、そういうお名前の方はいらっしゃいませんでした」

「侍がきていた？」

　直次郎が問い返す。

「はい。四名さまです」

「どこの侍だ？」

「よくは存じませんが、お旗本の御家来衆だそうです」

「名前は？」

「少々お待ち下さい」

と、帳場に取って返し、帳簿を持ってもどってきた。

「古垣さま、赤座さま、矢頭さま、松尾さまです」

「松尾？」

　直次郎の眼がきらりと光った。

「下の名はわからんか」

「あいにく、苗字だけしか記されておりません」

「松尾というのは、どんな男だった」

「齢のころは三十前後でしょうか。物静かなお侍さまでした。たしかお屋敷は小石川にあると」

「小石川？　なぜ屋敷の場所がわかった」

「松尾さまだけが手前どもの猪牙に乗られて先にお帰りになりました。そのとき船頭に小石川までやってくれと申しつけたそうで」

「そうか、忙しいところ邪魔したな」

軽く頭を下げて、直次郎は『船松』を出た。

旗本武鑑で松尾新之助の屋敷を調べたとき、「松尾」という姓の旗本はほかに見当たらなかった。『船松』の番頭の証言によれば「松尾」の齢は三十前後、屋敷は小石川にあるという。何もかもがあの「松尾新之助」と符合する。

（『船松』にいた侍が松尾新之助だとすると……）

一昨夜、浅草鳥越の小料理屋で彦四郎と飲んでいた、という新之助の話は嘘ということになる。だが、なぜ新之助はそんな嘘をついたのか、あるいは、つかなければならなかったのか。その答えは一つしかない。

新之助は彦四郎殺害の現場に居合わせたのだ。

4

申《さる》の下刻（午後五時）。

一日のつとめを終えて帰邸した松尾新之助は、自室で肩衣《かたぎぬ》を脱ぎ捨てると、線香と閼伽桶《あかおけ》を持ってふたたび屋敷を出た。

向かった先は伝通院裏の永昌寺という小さな寺だった。松尾家の菩提《ぼだい》寺である。

この日は亡父・作左衛門の月命日だった。

墓石に閼伽桶の水をかけ、線香を手向《たむ》けて合掌した。

この三年、無役小普請組の苦労と悲哀をいやというほど味わわされてきたが、ようやく悲願の〝お番入り〟が叶い、七百石の役料と松尾家の名跡《みようせき》は回復した。

墓前にぬかずいて、そのことを報告するとともに、妹の千鶴を犠牲《ぎせい》にし、旧友の秋元彦四郎を裏切ったことを、新之助は深く懺悔《ざんげ》した。

（しかし）

と、新之助は思い直す。武士にとって「家」は絶対無二のものである。身内を犠牲にしようが、友を裏切ろうが、「家名安泰」の大義名分のもとには、どんな没義道《もぎどう》も宥免《ゆうめん》される、という不条理がこの時代にはまかりとおっていた。

東照神君《とうしょうしんくん》とあがめられている徳川家の始祖・家康公でさえ、家名安泰《あんたい》・所領安堵《あんど》を図るために妻の築山殿《つきやまどの》を殺害し、実の息子・信康《のぶやす》を切腹に追い込んだではないか。

(すべてはお家のためだ。おれを責めることは誰もできまい)

それが新之助の名分だった。

「草葉の陰で亡き父もさぞよろこんでいるだろう」

おのれにいい聞かせるようにつぶやきながら、新之助はゆっくり立ち上がり、香煙のたゆたう墓地をあとにした。

西の空が血を刷《は》いたように真っ赤に染まっている。

山門を出たところで、新之助はふと足を止めて前方にけげんな眼をやった。

小道に長い影を落として、長身の侍が大股《おおまた》にやってくる。

「仙波どの」

新之助が意外そうに見た。侍は直次郎だった。

「昨夜は、どうも」

「どちらへ？」

「あなたに会いにきたんですよ。屋敷をたずねたら永昌寺に向かったと聞いたので」

「何かわかりましたか」

「あんた、嘘をつきましたね」

直次郎がずけりといった。

「嘘？」

「一昨夜、彦四郎と浅草鳥越の小料理屋で酒を飲んだといったが、あれは真っ赤な嘘だった」

「だ、出し抜けに何をいうんだ！」

思わず新之助は声を荒らげた。明らかに色を失っている。

「その晩、あんたは東両国の『船松』って船宿にいたはずだ。知らねえとはいわせやせんぜ」

伝法《でんぽう》な口調になった。これは咎人《とがにん》を問い詰めるときの直次郎のくせである。

「なぜあんな嘘をついたのか、理由《わけ》を聞かせてもらいましょうか」

「おぬしには関わりのない話だ」

憮然といい捨てて、新之助は歩を踏み出した。その背中に、

「彦四郎は『船松』の船着場で殺されたんですぜ」

直次郎の声が突き刺さった。去りかけた新之助の足がはたと止まった。

「それでも知らぬ存ぜぬを通すつもりかい」

「仙波どの」

新之助がゆっくり振り向いた。ぞっとするほど苦いものが、その顔に浮いている。

「わたしとおぬしとでは身分が違う。立場をわきまえることだな」

「たしかに」

直次郎が冷笑を浮かべた。

「七百石の旗本と三十俵二人扶持の町方じゃのっけから喧嘩《けんか》にならねえし、喧嘩したところで勝ち目もねえ。けど松尾さん、おれとあんたは秋元彦四郎という共通の友を持った男同士として向き合ってるんだぜ。身分は関わりねえだろう」

「わたしの口から話すことは何もない。ごめん」

にべもなくいって、背を返そうとした瞬間、

しゃっ。

直次郎の刀が鞘走った。さすがに新之助の顔が凍りついた。

「ま、まさか、わたしを斬るとでも！」

「そのつもりだ」

「乱心したか、仙波どの！　ここは永昌寺の門前だぞ。私闘はご法度《はっと》だ！」

「これはただの私闘じゃねえ。彦四郎の仇討《かたき》ちだ。さ、抜け」

「仇よばわりは心外！　何を証拠にそのようなことを」

うめくようにいって、新之助も抜いた。

「自分の胸に聞いてみるんだな」

刀を下段に構えて、直次郎がじりっと迫る。

新之助は青眼につけて一歩も退《ひ》かぬ構えである。

「あの晩、『船松』にはあんたのほかに三人の侍がいた。彦四郎を斬ったのはそいつらじゃねえのかい？」

「わたしは何も知らぬ」

「死んでもいえねえかい」

「死ぬのは――」

いいざま刀を振りかぶり、

「貴様だ！」

猛然と斬りかかってきた。

きーん！

直次郎が下からはね上げた。反動で新之助は二、三歩よろめいた。直次郎がすかさず間合いを詰める。

「その腕じゃ、おれを斬ることはできねえぜ」

直次郎の挑発に、新之助は逆上した。

「お、おのれ！」

遮二無二に斬り込んでくる。直次郎は上体を左右に振って軽くいなし、二、三合刀刃《とうじん》を嚙み合わせたあと、左に跳んで袈裟《けさ》に斬り下ろした。

ずばっ。

と肉を断つ音がしたが、一瞬、どこを斬られたのか、新之助にはわからなかった。体が異様によじれながら、横倒しに崩れ落ちた。左肩の付け根から腕が切り落とされ、音を立てて血が噴き出している。たちまち地面に血だまりができた。

新之助は刀を支えにして片膝をつき、下からすくい上げるような眼で直次郎を見た。

「こ、殺せ」

「その前に訊きたいことがある。彦四郎を殺したのは誰だ？」

「………」

新之助は唇《くちびる》を噛《か》んだまま、押し黙っている。

「ほっといても、あんたは死ぬ。息のあるうちに吐いたらどうだ？」

「何度訊かれても、知らぬものは……、知らぬ」

「最後まで悪党をつらぬくつもりか」

「松尾の家名を守るために……、わたしは一念無量劫《いちねんむりょうごう》の鬼となった……。貴様ごとき不浄役人にわたしの気持ちなどわかるまい……、さ、一思《ひとおも》いに殺してくれ」

「そうはいかねえ」

びゅん、と刀の血ぶりをして鞘に納めると、

「死ぬまでたっぷり時はある。せいぜい苦しむがいいさ」

といい捨てて、直次郎は背を向けた。数間歩いたところで、背中にドサッと音を聞いたが振り向きもせず、足早に立ち去った。

芝口《しばぐち》二丁目の西に「日蔭町《ひかげ》」という、文字通り日当たりの悪い裏新道がある。

道幅はおよそ二間（約三・六メートル）、芝口二丁目から源助町《げんすけ》、柴井町《しばい》、芝《しば》三島町《みしま》、芝神明町《しばしんめい》までつづくその道の両側には、怪しげな小店がひしめくように軒をつらねている。

〈ふつつかな芝神明の日かげ町〉

と、川柳に詠《よ》まれている「ふつつか」とは賤《いや》しいという意味である。

この日蔭町で五日に一度古着市が開かれた。「市」といっても、業者同士が古着を持ち寄って競《せ》りにかけるもので、一般市民は参加できなかった。

万蔵も月に一度、日蔭町の古着市で古着を仕入れている。

同業に弥七《やしち》という男がいた。

齢は万蔵より二つ上で、古着市では顔の利く男だった。

古着屋にはそれぞれに専門分野があり、たとえば半纏《はんてん》や股引《ももひ》き、腹掛《どんぶり》などの安物ばかりを専門に商う者、木綿・麻などの粗衣《そい》をあつかう者、絹織物の高級品ばかりを売り買いする者などがおり、互いに情報を交換しながら、需要に応じて品物を融通しあっていた。

弥七は、おもに女物の高価な小袖や裲襠《うちかけ》などを専門に商っていた。仕入れ先は「御公儀御用達」の後藤家と駿河町の『伏見屋』である。大奥からその二店に払い下げられる奥女中の古着を、弥七が一手に買い入れているのである。

「後藤さまは老舗《しにせ》中の老舗だから商いに鷹揚《おうよう》なところがあるが、新参者の『伏見屋』はしぶくていけねえ」

顔を合わせるたびに、弥七はそういって愚痴《ぐち》をこぼす。同じ品物でも後藤の店と『伏見屋』とでは下取り価格が二割も違うという。

「前の『結城屋』はどうだったんだい？」

「『伏見屋』に較べりゃはるかにましだった。旦那の人柄もよかったし、何より商いに品があった。銭儲け第一の『伏見屋』にはひとっかけらもそれがねえ。よくあれで『御公儀御用達』の金看板が手に入ったもんだぜ」

「裏で手を回したんじゃねえのかい」

「だろうな。『伏見屋』にはしょっちゅう侍が出入りしてるそうだ」

「侍？」

「公儀筋にたっぷり賄賂《まいない》が渡ってるに違いねえ」

古着市の帰りに芝口二丁目のそば屋で弥七とそんなやりとりをしたのは、二日前のことだった。それ以来、万蔵は本所の店を閉めて、『伏見屋』の周辺で張り込みをつづけていたが、その間、侍はおろか、怪しげな人物が出入りする様子はまったくなかった。

本石町の六ツ（午後六時）の鐘の音とともに、『伏見屋』の奉公人たちの動きがあわただしくなった。店じまいの支度に取りかかったのである。

（今日も収穫なしか）

と、あきらめかけたとき、ふいに万蔵の眼がきらりと光った。

塗笠の武士が『伏見屋』の塀の角を足早に曲がっていったのである。万蔵はさり気なく武士のあとを追った。

武士は人目をはばかるように『伏見屋』の裏手にまわった。その姿が木戸口に吸い込まれてゆくのを見届けると、万蔵は路地の物陰に身をひそめて武士が出てくるのを待った。


「ようこそおいで下さいました」

あるじの宗右衛門が慇懃《いんぎん》に出迎えたその武士は、古垣徳之助であった。

「話は二つある」

着座するなり、古垣がいった。

「一つは、殿の口利きで〝お番入り〟を果たした松尾新之助という男が何者かに殺されたこと」

「松尾さま？」

「御徒目付《おかちめつけ》・秋元彦四郎の旧友だ。秋元を葬《ほうむ》るさい、わしらに手を貸してくれたのだが、ひょっとすると、それが原因《もと》で殺されたのかもしれん」

「しかし、いったい何者が？」

「わからん」

古垣が苦々しげにかぶりを振った。

「いずれにせよ、油断はならぬ。その方も身のまわりには用心したほうがよい」

「ご忠告、ありがとう存じます。で、もう一つの話とは？」

「これはよい話だ。例の『結城屋』の跡地の件だが、宗像さまのお口添えのおかげで、近々その方に払い下げになるそうだ」

「さようでございますか」

宗右衛の顔がほころんだ。そこへ、

「旦那さま」

襖が開いて、番頭が顔をのぞかせた。宗右衛門が振り向くと、番頭は一礼して膝をすすめ、宗右衛門の耳もとで何事かささやいた。

宗右衛門は眉宇《びう》をよせて二、三度うなずき、

「ちょっと失礼」

と、古垣に一礼して部屋を出ていった。

店の上がり框に、〝金蛇《かなへび》の安〟こと安蔵が腰を下ろしていた。

「安蔵さん、何か急ぎの用事でも？」

宗右衛門は、不快そうな眼でこの招かざる来訪者を見た。

「ちょいと金子《きんす》を用立ててもらいてえんだが」

黄色い歯を見せて、安蔵は小ずるそうな笑みを浮かべた。

「金子を？」

「あっしの舎弟《しやてい》がへまを仕出かしやしてね。妙な連中に命をねらわれてるんで」

「まさか、例の件じゃないでしょうね」

市次郎殺しの件で何か失敗でもあったのかと、一瞬、宗右衛門は不安になった。

「いや、あれとは関わりありやせん。いまはあっしの家に身を隠してるんです

が、居候《いそうろう》暮らしは気づまりだから、ほとぼりが冷めるまでしばらく江戸を離れてえと」

「路用のお金ですか」

「へえ。三十両ばかり」

こともなげにいったが、三十両はかなりの大金である。

明らかに足元を見られていた。数瞬、思案したあと、宗右衛門は奥の金箱から
三十両の金子を取り出して、不承不承《ふしょうぶしょう》安蔵の前に差し出し、

「安蔵さんには何かとお世話になりましたが、これで一つ手じまいということ
に」

といった。つまり手切れ金ということである。

三十両の金子をわしづかみにしてふところにねじ込むと、安蔵は、

「また何か困ったことがあったら、いつでも相談に乗りやすぜ」

意味ありげな笑みを残して、くぐり戸から出ていった。それを苦い顔で見送
り、くるっと背を返した瞬間、宗右衛門は思わず息を呑《の》んで立ちすくんだ。

廊下の暗がりに古垣が立っている。安蔵とのやりとりを聞いていたらしく、

「何者だ？　いまの男は」

と問いかけてきた。

「根津の地廻《じまわ》りの、安蔵という男です」

「金をせがまれるような弱みでもあるのか」

「じつは」

ためらいながら、安蔵に金を払って古物仲買の市次郎を殺したことを打ち明けた。

「なるほど。そういうことか」

古垣は背を向けながら、ぼそりといった。

「まずいな」

「何のことでございましょうか」

「あの男、生かしておいてはまずい」

宗右衛門はおどろいた様子もなく、

「殺せ、とおおせられるので？」

平然と問い返した。古垣はかぶりを振った。

「その方に任せれば、また破落戸《ごろつき》どもを金で雇うことになるだろう。それでは同じことのくり返しだ。安蔵は当方で始末しよう」

「お心づかい恐縮に存じます。客間に御酒の支度をさせますので、どうぞ」

宗右衛門は、もみ手せんばかりに古垣を奥の客間に案内した。

古垣が『伏見屋』を辞去したのは、それから一刻（二時間）後である。来たときと同じように塗笠をかぶり裏木戸からこっそりと出て行った。そのとき、背後の闇に音もなく黒影がよぎったが、古垣は気づいていない。

影は万蔵だった。

5

南町奉行所の表門は、番所櫓《やぐら》のついた黒渋塗《くろしぶぬ》り、なまこ壁の重厚な長屋門である。

表門を入ると、すぐ左手に公事人腰掛《くじにんこしかけ》（訴訟人などが控える待合所）があり、そこに初老の男が一人ぽつねんと座っていた。九紋竜の儀十である。

時刻は午《ひる》を少し回っていた。じりじりと強い陽差しが照りつけている。うだるような炎天だが、公事人腰掛の近くには青々と葉を茂らせた楠《くすのき》の巨木が立っていて、その場所だけ涼しげな影を作っていた。

待つこと須臾《しゆゆ》、表玄関のほうから長身の同心が大股にやってきた。

仙波直次郎である。

「おう、儀十」

と声をかけると、壁にもたれて半睡していた儀十がハッと顔を上げて、

「あ、旦那、お呼び立てして申しわけありやせん」

ぺこりと頭を下げた。

「調べがついたか」

「へい」

「そばでも食いながら話を聞こう」

直次郎があごをしゃくって儀十をうながした。

二人は数寄屋橋御門外の小さなそば屋に入った。奥の小座敷に上がり、蒸籠《せいろ》そばを注文する。

「巳之吉って野郎には情婦《おんな》がおりやしてね」

運ばれてきたそばをすすりながら、儀十がいった。

「おんな？」

「門前仲町の茶屋女です。二日前の晩、巳之吉がひょっこり深川に姿を現して、

その女と駆け落ちをする算段をしてたそうで」

「江戸をずらかろうって魂胆《はら》か」

「でしょうね。そのときちょうど、あっしの手先が巳之吉の姿を見かけて、野郎のあとを跟《つ》けて行ったんです」

直次郎は、もうそばを食べ終わっている。そば猪口に残った付け汁をずずっとすすりながら、

「で、突き止めたんだな?」

念を押すように訊いた。

「へい。場所は根津門前町、地廻りの安蔵の家に隠れ住んでおりやす」

その安蔵が巳之吉の実の兄であることや、住まいが門前町の茶屋のあるじ・勘《かん》兵衛《べえ》の店借《たなが》りであることなどを、儀十は巨細《こさい》もれなく報告した。

「そうか。手間をかけてすまなかったな」

「どういたしやして」

「もう一枚食うか、蒸籠そば」

「いえ、あっしはもう十分で」

「じゃ、ぼちぼち」

と、直次郎は卓の上にそば代を置いて立ち上がった。

そば屋の前で儀十と別れ、奉行所にもどる途中、数寄屋河岸の道でふいに背後から、

「旦那」

と声をかけられた。振り返ると、菅笠《すげがさ》をかぶった万蔵が足早に歩み寄ってきた。

「ちょうどいいところで会いやした。役所に旦那を訪ねようと思ってたんで」

「おれのほうもちょうどよかったぜ」

「へ？」

「たったいま、巳之吉の居所がわかった」

歩きながら、直次郎は儀十から聞いた話を万蔵に伝え、

「で、おめえのほうはどうなった？」

と訊き返した。

「抜かりはありやせん。『伏見屋』に出入りしている侍の素性《すじよう》を突き止めやしたよ」

「どこの家中だ」

「小普請組支配・坂崎勘解由さまのご家来で」

「ほう」

直次郎は意外そうに眼を細めた。小普請組支配と呉服商とは、妙な取り合わせである。両者の間にいったいどんな利権がからんでいるのか。それが謎だった。もっとも利権がらみの汚職というのは、人目につかぬ闇の世界にはびこるものであり、だからこそ、その実態は常に「謎」という隠れみのにつつまれているのである。

「じゃ、あっしはこれで」

軽く頭を下げて、万蔵は小走りに去った。


その日の夕刻。

直次郎は深川の雑踏の中にいた。寺沢弥五左衛門の家を訪ねるところである。深川は低湿地を埋め立てて造った街なので、江戸の中心地より湿気が多い。陽が落ちてもムッとするような暑熱が立ち込めていた。

表通りはあいかわらずの人混みである。夕涼みの散策をする夫婦もいれば、一日の仕事を終えて遊里にくり出す職人ていの男、どこかで一杯引っかけてきたのか、千鳥《ちどり》足で歩いている人足《にんそく》ふうの男もいる。

　堀川町の路地を左に曲がった。

　表通りの喧騒が嘘のようにひっそりと静まり返っている。

　半丁（約五十メートル）ほど先に弥五左衛門の家の黒文字垣《くろもじがき》が見えた。網代門《あじろもん》をくぐり、玄関に立って、

「ごめん」

　と奥に声をかけると、弥五左衛門が扇子をパタパタと動かしながら出てきた。涼しげな麻の浴衣をまとっている。

「仙波さん、いいところへおいでになった。これから素麺《そうめん》を食べようと思っていたところです。一緒にいかがですか」

「はァ。では遠慮なく」

　と上がり込み、奥の居間に向かった。

　弥五左衛門が勝手から盥桶《たらいおけ》を運んできた。冷たい井戸水を張った底の浅い盥桶に、白糸のような素麺が浮いている。それを箸《はし》ですくい取り、出し汁につけて喉に流し込む。

「いやァ、これはうまい。播州《ばんしゅう》の素麺ですな」

「さすが仙波さん、お目が高い」

弥五左衛門がうれしそうに笑った。

「素麵はゆで加減がむずかしいのです。ゆですぎれば腰がなくなり、ゆで方が足りなければ麵の油が抜けません」

「ごもっとも、ごもっとも」

「蜀山人《しよくさんじん》は『壁に投げつけてみよ』と申しております。投げつけて『丸になるかならぬか』が素麵のゆで加減だと」

「なるほど」

直次郎は感服した。蜀山人の言葉にではなく、弥五左衛門の該博《がいはく》な知識にである。

「ところで」

と、弥五左衛門が箸を止めて、

「手前に御用のおもむきというのは？」

「ああ、それ、それ」

すすりかけた素麵をあわてて飲み込み、直次郎も箸をおいた。

「市中で辻斬りが横行《おうこう》しているのを、元締めはご存じですか」

「もちろん、存じております」

「その辻斬りに関連して、不可解な事件がいくつか起きてるんです」

『結城屋』の押し込み・放火事件と秋元彦四郎殺し、そして古物仲買の市次郎殺しである。さらに直次郎は、これら一連の事件に日本橋駿河町の呉服商『伏見屋』と小普請組支配・坂崎勘解由が関わっている可能性があることを説明し、

「ぜひ、この事件を元締めに取り上げていただきたいと思いましてね」

「わかりました。さっそく半次郎に調べさせましょう」

連絡《つなぎ》役の半次郎は、著述家・弥五左衛門（静軒）の助手であり、取材記者でもあった。

『江戸繁昌記』のネタのほとんどは半次郎が拾ってきたものといっていい。その取材の過程で遭遇した事件を、半次郎が子細《しさい》に調べあげ、それをさらに弥五左衛門が検討したうえで、『闇の殺し人』たちに指令が下される仕組みになっていた。

あるいは、すでに半次郎もこの事件の探索に動いているかもしれない、と弥五左衛門は最後にそう付け加えた。

第六章　修羅応報《しゆらおうほう》

1

　薄暗い古着置き場で、万蔵は身支度《じたく》をととのえていた。黒木綿《もめん》の筒袖《つつそで》に黒の股《もも》引《ひ》きといういでたちである。輪にたばねた縄《じよう》鏃《ぞく》をふところにしのばせ、念のために匕首《あいくち》を持って家を出た。

　吾妻橋を渡って浅草に出、浅草から上野山下を経由して根津に向かう。

　根津門前町に着いたのは五ツ半（午後九時）ごろだった。

　この町がもっとも栄えたのは天明《てんめい》のころ（一七八一〜八九）である。根津権現の惣門内には五十余軒の遊女屋がひしめき、絢爛《けんらん》と着飾った遊女が吉原の仲の町を真似《まね》て八文字《もんじ》で道中をしたという話も残っている。

「天保の改革」の風俗取り締まりで当時の華やかさはすっかり影をひそめてしまったが、それでも茶屋や料亭に姿を借りた娼家は、あいかわらず繁昌《はんじよう》していた。

路地のすみずみに酒と脂粉《しふん》の匂いがただよい、女たちの嬌声《きようせい》や弦歌《げんか》のひびきが絶え間なく聞こえてくる。

町内は清水横丁、上横丁、中坂横丁、鳥居横丁、惣門横丁の五つに区割りされている。安蔵が住んでいる貸家は西はずれの清水横丁にあった。

黒板塀に囲まれた瀟洒《しようしや》な仕舞屋《しもたや》である。以前は大家の勘兵衛がこの家に女を囲っていたらしい。手入れの行き届いた庭もあった。

家の裏手にまわり、板塀の切戸口《きりとぐち》を押してみると、戸は簡単に開いた。すばやく中に忍び込み、庭の植え込みの陰に身をひそめて屋内の様子をうかがった。

居間の障子《しようじ》にほの暗い明かりがにじんでいる。

だが、人の気配が感じられない。床につくのはまだ早すぎるし、明かりをつけたまま外出するとも思えなかった。

万蔵は不審げに立ち上がり、背をかがめて居間の横の闇だまりに走り込むと、ふところから匕首《あいくち》を引き抜いて土足のまま濡《ぬ》れ縁《えん》に上がり、一気に障子を引き開

けて中に飛び込んだ。その瞬間、

（あっ）

と息を呑《の》んで立ちすくんだ。

二人の男が血まみれで畳の上に倒れていた。一人は巳之吉である。もう一人は兄の安蔵に違いない。二人とも首をざっくり切り裂かれていた。

殺されてまだ間がないのだろう。傷口からぶくぶくと泡を立てて血が流れ出している。

部屋に荒らされた形跡はなかった。死体のかたわらに徳利《とつくり》や猪口《ちよこ》が転がっている。どうやら、酒を飲んでいる最中に何者かに襲われたらしい。

（なんてこった）

舌打ちしながら背を返したとき、「親分」と玄関でだみ声がひびいた。

万蔵はとっさに身をひるがえして庭に飛び下りた。と同時に、安蔵の子分らしき三人の男がずかずかと部屋に入ってきて、

「な、なんだ！　こりゃ」

と一人が驚声を発した。そのとき庭の植え込みがざざっと揺れた。

「誰かいるぞ！」

「捕まえろ！」

三人が庭に飛び出した。万蔵は裏の切戸口に向かって必死に走った。

「あっちだ」

三人が猛然と追ってくる。

万蔵は塀の切戸を引いて路地に飛び出し、一目散に逃げた。

迷路のように入り組んだ路地を右に左に走っているうちに、万蔵は方角を失ってしまった。どこをどう走っているのか、皆目《かいもく》見当もつかない。灯りを避けて、闇に向かってひたすら走った。

根津権現の東は、大小の寺院が櫛比《しっぴ》する寺地である。いつのまにか、その寺地に迷い込んでいた。追手の三人は土地のやくざである。この界隈《かいわい》の地理には明るい。逃げども逃げども追手の影がひたひたと迫ってくる。

（いけねえ！）

思わず万蔵は足を止めた。

そこは袋小路だった。前方に小高い石垣が立ちはだかり、道の両側は寺院の土塀でふさがれている。万蔵は振り向きざま、ふところから縄鏃を取り出して身構えた。

追手の影が五間（約九メートル）の距離に迫っていた。

万蔵は縄鏃の革紐《かわひも》を持って頭の上で回転させた。十分加速がついたところでパッと手を放す。革紐の尖端にむすびつけた鋭い鏃《やじり》が、先頭を走ってくる男の胸ぐら目がけて正確に飛んでゆく。

「ぎゃっ」

と奇声を発して男が倒れた。すかさず紐を引く。男の胸をつらぬいた鏃がきらりと一閃《いっせん》し、宙に躍《おど》った。すばやく紐をたぐり寄せる。

その間に残る二人が脱兎《だっと》の勢いで駆けつけてきた。縄鏃を振り回す余裕はない。万蔵はふところから匕首を引き抜いて、二人の前に立ちはだかった。

二人の男も匕首を持っている。髭面《ひげづら》の男と蟹《かに》のように肩の張った男である。

「野郎ッ」

髭面が斬りかかってきた。万蔵は左に跳んで切っ先をかわすと、すぐさま体を右に開いて、一拍遅れて斬りかかってきた蟹の首を逆手《さかて》に薙《な》ぎ上げていた。

「わっ」

と悲鳴を上げてのけぞる蟹の横合《よこあ》いから、髭面が凄まじい勢いで突っ込んできた。捨て身の諸手《もろて》突きである。かわし切れず、万蔵は一間（約一・八メートル）

ほどうしろに跳びすさった。

勢いあまって背中がドンと土塀にぶち当たった。その機を逃さず髭面が突いてくる。

間一髪、上体を横にひねった。

ぐさっ。

匕首の切っ先が万蔵の肩をかすめて土塀に突き刺さった。それを引き抜こうとする髭面の脇腹に、万蔵は渾身の力で匕首をぶち込んだ。髭面は声もなく崩れ落ちた。

「ふうっ」

と大きく息をつきながら、匕首を鞘に納めてふところに入れ、踵《きびす》を返した。

巳之吉が殺されたことで、万蔵の手間はふけたが、胸の底に何か割り切れないものがあった。いったい誰が、何の目的であの兄弟を殺したのか。部屋の様子から察すると、物盗りの仕業《しわざ》でないことだけはたしかだった。

気がつくと、寺町をぬけて不忍池《しのばずのいけ》の池畔《ちはん》の道を歩いていた。池之端仲町《いけのはたなかちょう》から御徒町《おかちまち》に出ると、本所の家にはもどらず、そのまま日本橋小網町に向かった。巳之吉が殺されたことを半次郎に知らせておこうと思ったのである。

小半刻（約三十分）後、万蔵は半次郎の舟小屋の前に立っていた。

「どうぞ」

板戸の隙間から、半次郎が用心深くあたりを見回し、万蔵を中に招じ入れた。

小屋の中は、例によって蚊遣《かや》りの煙がいぶっている。

「水をもらうぜ」

と水瓶《みずがめ》の水を杓《ひしゃく》ですくって一気に飲みほすと、万蔵は空き樽《だる》に腰を下ろして、ことの一部始終を話した。

「そうですか」

半次郎がうなずいた。あいかわらず声にも顔にも感情がない。のそりと立ち上がって竈に杉の葉をくべながら、

「口を封じられたんでしょう」

意外なことをさらりといってのけた。

「口を封じられた？　そりゃ一体どういうことだい？」

「安蔵は『伏見屋』とつながっていたんです」

元締め・寺沢弥五左衛門の意を受けて、数日前から『伏見屋』の周辺を探っていた半次郎は、安蔵が『伏見屋』に出入りしていた事実をすでに突き止めていた

のである。

「すると安蔵も辻斬り事件に一枚嚙んでたと？」

「安蔵は小悪党です。どんな役割を果たしていたのかわかりやせんが、御公儀御用達の金看板を手に入れた『伏見屋』にとっては、邪魔な存在になったのでしょう」

「なるほど」

万蔵の胸に立ち込めていた疑念もそれで晴れた。

「巳之吉は巻き添えを食ったってわけか」

「そう考えれば話のつじつまが合いやす」

「ところで半次郎、仕事料はどうする？　巳之吉はおれが殺《や》ったわけじゃねえ。やっぱり元締めに返すのが筋だろうな」

「それにはおよびやせん」

半次郎が首をふった。

「仕事料に見合う働きは十分してもらいやしたから」

「ふふふ、おまえさんもずいぶんと世辞がうまくなったじゃねえか」

万蔵がからかうようにいうと、半次郎はそれを聞き流して、

「着物の袖に血が付いてやすよ」

といった。万蔵は思わず袖口を見た。なるほど右の袖にべったり血が付いている。髭面のやくざ者を刺したときに浴びた返り血だった。「仕事料に見合う働き」とは、そのことを指していたのだ。

「おまえさんの眼力には恐れいったぜ」

苦笑しながら、万蔵は水瓶の水を杓ですくって、袖口の血を洗い落とした。

2

日本橋堀留の料亭『扇屋』の裏口を、ひっそりと入って行く継《つ》ぎ上下《かみしも》姿の初老の武士がいた。奥右筆の宗像典膳である。城勤めの帰りに立ち寄ったのである。

中年の仲居が丁重に宗像を迎え入れ、二階座敷に案内した。そこで待ち受けていたのは『伏見屋』の宗右衛門だった。前に酒肴の膳部がととのえてある。

「お待ち申しておりました」

宗右衛門が神妙な顔で頭を下げた。宗像は膳部の前にどかりと腰を下ろすと、

「『結城屋』の跡地の件だが、払い下げの日取りが決まったぞ」

「いつでございますか」

「来月の三日だ。この書状を持って勘定奉行所を訪ねるがよい」

ふところから書状を取り出して、宗右衛門に手渡した。

「ありがとう存じます」

と、うやうやしくおしいただいて、

「あらためて宗像さまのお屋敷に御礼に参上いたしますので、もしよろしければ、その……」

いいよどみながら、上目づかいに宗右衛門の顔を見た。

「礼金のことか」

「はい。ぶしつけとは存じますが」

宗像は無言で指を三本突き出した。三百両ということである。

「承知つかまつりました。ではさっそく明日にでも」

と酌をする。それを受けながら、宗像が急に声をひそめて、

「で、例の物は持ってきたか」

「あ、はい。ご注文どおりの品を作らせました。これでございます」

と袱紗包みを差し出した。

「ふふふ、楽しみだのう」

宗像は満面に笑みを浮かべて包みを受け取り、

「すまんが駕籠《かご》を呼んでもらえぬか」

「え？　もうお帰りでございますか」

「帰心《きしん》、矢のごとしと申すではないか」

意味ありげに宗像がいった。その言葉の意味を、宗右衛門は察している。

「無理にはお引き止めいたしません」

と、宗右衛門は階下《した》に下りて、仲居に駕籠を頼んだ。

ほどなく駕籠が迎えにくると、宗像は袱紗包みを大事そうにかかえて、気もそぞろに『扇屋』をあとにした。

駕籠に揺られながら、宗像は千鶴の白い裸身を思い浮かべていた。

（齢甲斐《としがい》もなくあの女に惑溺《わくでき》したか）

自分でもそう思うほど、宗像は千鶴の肉体にのめり込んでいる。それも、ただ抱くだけではなく、千鶴という貞潔無垢《ていけつむく》な娘をより淫《みだ》らに、より卑猥《ひわい》な女に仕立て上げることに、宗像は無上《むじょう》の喜びを感じていた。嗜虐的《しぎゃくてき》変態趣味である。

近ごろは、千鶴も宗像の命令に従順にしたがうようになった。あきらめというより、開き直ったのであろう。羞恥心《しゅうちしん》も薄れてきた。そうなるとさらに卑猥な要求をしたくなる。千鶴のいやがる顔が見たい。もっとなぶってやりたい……。

あらぬ妄想をしているうちに、駕籠が屋敷に着いた。

玄関に出迎えた用人を無視して、宗像はまっすぐ奥の自室に向かった。がらり。

襖を引き開けて部屋に入ると、千鶴が床の間の前につつましげに座って、花器に花を活《い》けていた。宗像は敷居に立ちはだかったまま、惚《ほう》けたように千鶴のうしろ姿を凝視《ぎょうし》した。

「お帰りなさいませ」

千鶴が振り向き、三《み》つ指《ゆび》を突く。まるで心が死んでしまったかのように表情のない、冷たい顔である。

「花を活けておったか」

「…………」

無言。うつろに一点を見つめている。

宗像の眼にぎらつくような光がたぎっている。うしろ手で襖をぴしゃりと閉めると、もどかしげに肩衣を脱ぎ捨てて、

「着物を脱ぎなさい」

と命じた。いわれるまま、千鶴は立ち上がってゆっくり着物を脱ぎはじめた。白綸子《りんず》の長襦袢を脱ぎ、ためらいもなく二布《ふたの》をはずして、全裸になる。

抜けるような白い肌、豊かな乳房、くびれた腰、すんなり伸びた脚、息を呑むほど美しい裸身である。だが、なぜか生身の女の温もりが感じられない。まるで生き人形である。

宗像は、手に下げていた袱紗包みを開いた。奇妙な物が入っている。

三角形の黒いなめし革に細い革紐《ひも》がついた物——『伏見屋』宗右衛門が革職人に特別に作らせた性具である。それを手に取ると、全裸で立っている千鶴の背後に回り込んで紐の部分を腰に巻きつけ、

「脚を開け」

といった。まるで呪縛にかかったように、千鶴は素直に脚を左右に開いた。

秘毛におおわれた股間があらわになる。そこに三角形のなめし革を差し込み、一端を尻に回して、腰の紐にむすびつける。たとえていえば〝革のふんどし〟、もしくは〝革のＴバック〟といったところであろう。

宗像が尻に回した紐をぐいと引く。股間の三角形の部分が切れ込みに食い込

む。

「あっ」

と、千鶴が小さな声を上げた。股間に食い込んだその部分を、宗像は舌なめずりするようにながめながら、下卑《げび》た笑みを浮かべた。

「ふふふ、女のふんどし姿とは、なんと淫らなものよのう」

千鶴は恥ずかしそうに眼を閉じている。

袱紗の中から、宗像はべつの革紐を取り出した。やや幅が広く、紐の尖端は輪になっている。その輪の部分を千鶴の首にかけると、

「這《は》え」

といった。千鶴は眼を閉じたまま悲しげに首を横に振った。

「いまさら恥ずかしがることはあるまい」

「…………」

「そなたは『松尾』の家名を立てるために人身御供になったのだ。わしに逆らったらどうなるか、わかっておろうのう」

千鶴は観念したように膝を折って、両手を突いた。

「歩け」

宗像が首輪の革紐を引く。

千鶴は犬のように四《よ》つん這《ば》いになって畳の上を這った。

白いむっちりした尻の割れ目に〝革ふんどし〟の紐が食い込んでいる。這うたびに乳房がゆさゆさと揺れる。嗜虐変態趣味の宗像にとって鳥肌が立つほど、卑猥きわまりない姿である。

むらむらと淫欲《いんよく》がかき立てられた。

首紐を引きながら、宗像は袴《はかま》を脱ぎ捨てて下帯をはずした。一物が猛々《たけだけ》しく怒張《どちょう》している。四つん這いの千鶴の前に片膝をついて、

「しゃぶれ」

と命じる。千鶴は憑《つ》かれたような顔でそれを口にふくんだ。

腰を動かして一物を出し入れする。千鶴のやわらかい舌が雁首《かりくび》にからみつく。峻烈《しゅんれつ》な快感が一物の尖端から体の深部へと伝わってくる。

宗像の息が荒い。千鶴の口中で一物がひくひくと脈打っている。宗像はあわててそれを引き抜くと、千鶴の背後にまわって、腰の革紐を解いた。はらりと〝革のふんどし〟がはずれる。一物を指でしごいて、うしろからずぶりと挿し込む。

「あっ」

千鶴が声を上げてのけぞった。宗像が腰を振る。

「あ、ああ……」

すすり泣くような声が洩《も》れる。宗像が腰を振りながら、首輪の紐を引く。千鶴の白い喉がそり返る。まるで駻馬《かんば》の手綱《たづな》をとるような恰好である。

紐を引くと千鶴の壺口がきゅっと締まる。ゆるめると壺口もゆるむ。肉襞《にくひだ》の絶妙な波動が宗像を絶頂へといざなった。

「う、うおーッ」

けだもののような雄叫《おたけ》びを上げて、宗像が一物を引きぬいた。千鶴の背中に白濁した淫汁がドッと飛び散った。

畳に腰を落としたまま、宗像はしばらく放心したように情事の余韻にひたっていた。千鶴の太股のあたりがかすかに痙攣《けいれん》している。

つい寸刻《すんこく》前まで、障子を紅《あか》く染めていた残照が、いつの間にか夕闇に変わっていた。

「風呂に入らんか」

宗像がゆっくり立ち上がった。千鶴は畳に突っ伏したまま、

「お先にどうぞ」

と、小さくいった。

「待っているぞ」

宗像は裸の上に寝衣をまとって部屋を出ていった。とたんに千鶴は両手で顔をおおい、激しく嗚咽《おえつ》した。

革紐で締められた痕《あと》が白い喉元と腰のまわりにくっきりと残っている。

こうして毎日のように淫らな姿で宗像に辱《はずかし》められる自分が情けなく、悲しく、そして悔しかった。これでは、まるで性の奴隷ではないか。自分だけがなぜこんなつらい目にあわなければならないのか。

耐えがたい屈辱と悲しみが千鶴の胸をひたした。と同時に、この屈辱と悲しみは本当に報《むく》われたのだろうか、という疑念がわき立った。

あれ以来、兄の新之助からは何の知らせもない。宗像は七百石のお役につけてやったといっていたが、本当にそうであれば、新之助から一言なりともその知らせがあってしかるべきである。

（もしや、兄の身に何か……）

千鶴の脳裏《のうり》に一抹《いちまつ》の不安がよぎった。

翌日の午下《ひる》がり。

下女のお種《たね》に買い物に行くといって、千鶴は屋敷を出た。

向かったのは、小石川柳町の松尾家である。本郷菊坂の宗像の屋敷からは、女の足でも半刻（一時間）はかからない距離である。

（あら）

屋敷の前で、千鶴はけげんそうに足を止めた。門が閉まっている。足早に歩み寄って片番所の中の門番に声をかけたが、応答はなかった。

不審な面持《おもも》ちで、くぐり戸を押し開けて中に入った。

「喜内《きない》さん」

玄関に立って、用人の名を呼んだ。やはり返事はない。履物をぬいで廊下に上がり、奥の居間に向かいながら、下女や下男の名を呼んでみたが、寂《じゃく》として声がない。

居間の襖を開けた瞬間、

（あっ）

千鶴の顔が凍りついた。家具調度《ちょうど》がきれいに取り払われ、畳はすべて上げられて部屋のすみに積み重ねてあった。一瞬、頭の中が真っ白になった。

狐《きつね》につままれたような顔で茫然《ぼうぜん》と立ちつくしていると、しばらくして玄関のほうで物音が聞こえた。千鶴は我に返って廊下に飛び出した。

水桶を下げた初老の男が入ってきた。下男の茂兵衛《もへえ》である。

「茂兵衛さん！」

「お嬢さま」

茂兵衛がびっくりしたような顔で足を止めた。

「これは、これは一体どういうことなの」

「え？」

と、意外そうに見返しながら、

「お嬢さまはご存じなかったので」

茂兵衛はつらそうに眼を伏せた。千鶴が畳み込むように訊く。

「いったい何があったというの」

「新之助さまが亡くなられたのです」

「まさか」

言葉を失った。

「お父上さまの墓参の帰りに、何者かに斬られたそうでございます」

「兄上が……、死んだ……」

閃電《せんでん》に打たれたように千鶴の体が激しく震えた。茂兵衛が沈痛な表情で語をつぐ。

「ご当主の新之助さまが亡くなられたことで、お家は改易《かいえき》、お屋敷は召し上げになり、わたしども奉公人にも暇《ひま》が出されました」

「………」

「せめて最後のおつとめと思いまして、今日はお屋敷の掃除に上がったのでございます」

「茂兵衛さん」

千鶴が気を取り直して、

「兄は誰かに怨《うら》みでも買っていたのですか」

「くわしいことは手前も存じませんが、ただ一つだけ気になることが」

「どんなこと？」

「事件当日とその前夜、南町奉行所の仙波直次郎と名乗る同心が新之助さまを訪ねてまいりまして」

「町奉行所の役人が」

「その男が帰ったあと、新之助さまはひどく苛立《いらだ》っておりました。用人の喜内さまはその男が下手人ではないかと申しておりましたが、むろん確かな証拠はございません」

「そう」

千鶴の中で何かがはじけた。

切れ長な眼の奥にめらめらと瞋恚《しんい》の業火《ごうか》が燃えたぎっている。


水戸藩上屋敷の東に東西二十七間二尺（約四十九メートル）、南北百四間三尺（約百八十七メートル）の小さな町屋がある。春日町《かすがまち》である。昔、春日局《かすがのつぼね》の屋敷があったところからその称がついたという。

千鶴は春日町の裏路地を歩いていた。

その路地の奥に、食い詰め浪人たちが溜《た》まり場にしている小さな煮売屋があることを、千鶴は知っていた。本郷の茶の湯の師匠から「あの路地だけは避けて通りなさい」といい聞かされていたからである。

煮売屋の前にさしかかると、中から魚を焼く煙や、煙草の脂《やに》の匂い、残飯が腐ったような饐《す》えた匂いとともに、男たちの戯《ざ》れ声や下卑《げび》た哄笑《きょうしょう》が聞こえてきた。

千鶴は足を止めて、ためらうように中の様子をうかがった。ややあって、三人の浪人者が縄のれんを割って出てきた。いずれも垢《あか》じみた凶悍《きようかん》な面がまえの浪人である。

「おう、べっぴんだのう」

三人が卑猥な笑みを浮かべて近づいてきた。

「掃き溜めに鶴《つる》とはまさにこのことだな」

「道に迷うたか。それとも男をあさりにきたか」

酒臭い息を吹きかけながら、三人がからかうようにいう。

「お願いがあります」

千鶴が無表情にいった。

「願い？」

「ふっふふ、美女の頼みとあっては断るわけにはいくまい」

鬼瓦《おにがわら》のような、いかつい顔の浪人が好色な笑みをにじませた。

「いうてみろ」

「人を殺してもらいたいのです」

「なに？」

三人の顔から笑みが消えた。

「おだやかではないな」

「お金は払います」

「いくらだ」

「一人三両。いまは持ち合わせがありませんが、奥右筆《おくゆうひつ》・宗像典膳の屋敷にきていただければ、かならずお支払いします」

むろん、これは方便《ほうべん》である。金を払う気などさらさらない。

「悪い話ではないな」

鬼瓦がにやりと嗤《わら》って、

「その前におまえを抱かせてもらう。それが条件だ」

「…………」

千鶴が感情のない眼で見返した。もとより金だけで済むとは思っていなかった。その覚悟もすでにできている。

「お好きなように」

「そうか。では行こう」

鬼瓦が千鶴の手を取って歩き出した。

路地を抜けたところに雑木林があった。三人は林の中の鎮守稲荷《ちんじゆいなり》の社《やしろ》の裏手に千鶴を連れ込んだ。

「ここがよかろう」

鬼瓦がいきなり袴をずり下ろして一物をつまみ出し、千鶴の着物の裾を荒々しくたくし上げると、

「わしが先にいく」

といって、千鶴の片足を抱え込み、怒張した一物をずぶりと挿入した。立ったままの媾合《まぐわい》である。よほど女に飢《う》えていたのだろう。二、三度出し入れしただけですぐに果てた。

その間に二人の浪人も袴を脱ぎ捨て、代わる代わる千鶴を凌辱《りようじよく》した。

生い茂った樹葉の間から、きらきらと木《こ》もれ陽が差し込んでいる。

降るような蟬《せみ》しぐれが千鶴の耳を聾《ろう》している。それがせめてもの救いだった。

(穢れるだけ穢れればいい)

浪人たちに玩弄《がんろう》されながら、千鶴は心の中でそうつぶやいていた。もはや失うものは何もなかった。松尾の家とともに自分の人生も終わったのだ、と自分にいい聞かせた。

「ふっふふふ」

三人の浪人が袴の紐をむすびながら、卑しげなふくみ笑いを浮かべた。千鶴は下半身をむき出しにしたまま、死んだように草むらに仰臥《ぎようが》している。

「久しぶりにいい思いをさせてもらったぜ、お嬢さん」

鬼瓦が千鶴の顔をのぞき込んだ。

「約束どおり三両で殺しを引き受けよう。相手は誰だ？」

「南町奉行所同心・仙波直次郎」

千鶴が眼を閉じたまま、ぽつりといった。

「町方か」

「手間賃の三両は、奥右筆・宗像典膳の屋敷に取りに行けばいいんだな」

別の浪人が念を押すように訊いた。千鶴は無言でうなずいた。

「おまえの名は何という？」

「千鶴」

「宗像の娘か」

千鶴が首をふると、鬼瓦がしたり顔で、

「妻女にしては若すぎる。宗像の側女《そばめ》であろう」

「なるほど、屋敷はどこにある」

「本郷菊坂」

「わかった。仙波という町方はわしらがかならず始末する。今夜、金を取りに行くので用意しておいてくれ」

いいおいて、三人はそそくさと立ち去った。その姿が雑木林の向こうに消えてゆくのを見届けると、千鶴は乱れた着物を直してゆっくり立ち上がり、放心したようにふらりと歩き出した。どこへという当てもなく……。

3

奉行所の帰りに、直次郎は東両国に足を向けた。

秋元彦四郎が殺された夜、松尾新之助は東両国の船宿『船松』で三人の侍と酒を飲んでいた。その三人が古垣・赤座・矢頭という名の侍であることは、番頭の証言でわかっていたが、どこの家中の侍なのか、身元がわからないままだった。それを調べ直すために『船松』に向かったのである。

両国橋を渡り、東詰を右に折れた。

土手道から川原に下りたところで、直次郎は背後にただならぬ気配を感じて足を止めた。ゆっくり振り向くと、二間ばかり後方に薄汚れた身なりの浪人が三人、剣呑《けんのん》な眼つきで突っ立っていた。昼間、千鶴を凌辱した三人組の浪人である。

「仙波直次郎だな」

一人が誰何《すいか》した。鬼瓦のようないかつい顔の浪人である。

「おれに何か用か」

「死んでもらおう」

いきなり三人が斬りかかってきた。

しゃっ。

間髪を容れず、直次郎の刀が鞘走った。低い姿勢からの薙《な》ぎあげるような一閃《いっせん》だった。

「げッ」

奇声を発して一人がのけぞった。首から音を立てて血が噴出している。

「おのれ！」

わめきながら斬り込んできたのは、ひげ面の浪人だった。直次郎は峰で切っ先をはじき返し、横ざまに走りながら、鬼瓦の胴を横に払った。ざっくり腹が割れて血まみれの臓物が川原に飛び散った。

すぐさま背を返して身構えた。ひげ面が二間（約三・六メートル）の間に迫っていた。

だが、さすがに臆したか、すぐには斬り込んでこない。じりじりと足をすって間合いを計っている。直次郎は剣尖をだらりと下げて、

「おれに何の怨みがあるというのだ」

低く問いかけた。

「怨みはない。金で請け負った」

「頼み人は？」

「それは、いえぬ」

ひげ面は中段から右八双《みぎはっそう》に刀を構えた。

「いくらで請け負った」

「一人三両」

「安い命だな」

直次郎の顔に冷笑が浮かんだ。

「うぬぼれるな。三人で九両だぞ。貴様の禄高《ろくだか》を考えれば破格の命料だ」

「おれの話じゃねえさ」

「なに」

「おめえたちのことよ。たった三両で命を捨てるとはな」

「ほざくな！」

怒声を発して、ひげ面が斬りかかってきた。袈裟がけの斬撃である。

だが、そこに直次郎の姿はなかった。刀が空を切り、ひげ面の上体が前のめりに大きくよろめいた。何が起きたのかわからなかった。必死に踏みとどまったが、体が勝手に倒れてゆく。

横ざまに倒れながら、ひげ面は眼のすみに直次郎の姿を見た。そのときはじめて、おのれの右足がないのに気づいた。一間（約一・八メートル）ばかり先に切断された血まみれの足が転がっていた。輪切りにされた傷口からすごい勢いで血が噴き出している。

「た、頼む。介錯《かいしゃく》してくれ」

「その前に頼み人の名を聞かせてもらおうか」

「お、奥右筆・宗像典膳の……側女、千鶴という……、女だ」

ひげ面がとぎれとぎれにいう。

「千鶴？」

「傷が痛み出した……、は、早く介錯《かいしやく》してくれ」

「痛みはすぐ止まる。血を失って死んでゆくのは気持ちのいいものだそうだ。冥《めい》土《ど》の旅を楽しむがいいぜ」

いい捨てて、血ぶりした刀を鞘に納めると、直次郎はゆっくり踵《きびす》を返した。背中にうめき声が聞こえたが、すぐにその声は消えた。

（妙だな）

土手道を歩きながら、直次郎は首をかしげた。

千鶴という名の女にはまったく心当たりがなかった。浪人は奥右筆・宗像典膳の側女だといったが、むろん、宗像という人物にも心当たりがない。

誰かと勘違いしているのではないかとも思ったが、あの浪人どもが名前を知っていたところを見ると、人違いではなさそうだ。

――千鶴。

名前も顔も知らぬ女になぜ命をねらわれたのか。どう考えてもその謎は解けなかった。

東の空がしらじらと明け染めている。

深川黒江《くろえ》町の川魚料理屋『忠八《ちゅうはち》』のあるじ・嘉平《かへい》は、夜明けとともに舟を出し、大川の河口で投網《とあみ》を打つのを日課としていた。

季節によって獲物は異なるが、旬《しゅん》の魚を投網で獲って店の生け簀《す》に放し、客の注文に応じてその場で調理するのが、嘉平の自慢だった。

この日は、うなぎをねらって松平下総守《まつだいらしもうさのかみ》の下屋敷のちかくの浅瀬で投網を打っていた。だが、どういうわけか、この日にかぎってまったくの不漁で、午ごろまで網を打ってもかかるのは雑魚《ざこ》ばかりだった。

（そろそろ切り上げるか）

と、あきらめて網をたぐり寄せた瞬間、ずしりと手応えがあった。

（きたぞ！）

喜び勇んで網を引き上げた嘉平の顔が、ふいにゆがんだ。網の中で黒い藻のようなものがゆらゆらと揺らいでいる。

さらに網を引き寄せて見ると、それは若い女の死体だった。

「ぎゃッ」

嘉平は悲鳴を上げて腰を抜かした。

それから数刻後――。

番屋から通報を受けた町奉行所与力と公儀目付が死体検分にやってきた。女は両足首を腰ひもでしばり、着物のたもとに石を数個しのばせていた。覚悟の入水自殺であることは誰の眼にも明らかだった。

その死体が松尾家の娘・千鶴であることが判明したのは、翌日の午後だった。

4

「いよいよ煮詰まってきたようだな」

寺沢弥五左衛門が書状から眼を離して、前に端座している半次郎の顔を見すえた。

深川堀川町の弥五左衛門の家の書斎である。

弥五左衛門が手にしている書状には、半次郎がこれまでに調べ上げた辻斬り事件の一部始終がしたためられてあった。

「ここまで調べれば、もはや疑うまでもあるまい」

「では？」

と、半次郎が見返す。

弥五左衛門は、おもむろに立ち上がって床の間の掛け軸をはずした。裏に小さな隠し戸がある。戸を開けると、中に黒漆塗《くろうるしぬ》りの箱が納められていた。

その箱の中から小判を十五枚取り出して隠し戸を閉じ、元どおり掛け軸をかけると、弥五左衛門は腰をおろして、十五両の金子を文机の上に置いた。

「今回は大物ぞろいだ。一人五両ということでどうだろう」

「かしこまりました」

金子をふところにねじ込み、半次郎は一礼して部屋を出ていった。


陽が西の空に沈みかけている。

勤めを終えた与力や同心たちが数寄屋橋御門から三々五々《さんさんごご》出てくる。その中に仙波直次郎の姿もあった。

数寄屋橋御門を出たところに広場がある。里俗《りぞく》に数寄屋河岸という。その広場を突っ切って、数寄屋町の路地に足を踏み入れたとき、直次郎の眼がきらりと光った。

前方の路地角に、菅笠をかぶった男が立っている。紺木綿の筒袖に、若者らしく、ぴっちりした紺の股引きをはいている。――半次郎だった。

直次郎の姿を見て、半次郎がくるりと背を返して歩き出した。直次郎はさり気なく半次郎のかたわらに歩み寄り、

「仕事か」

と、小声で訊いた。半次郎が無言でうなずく。それっきり言葉も交わさず、つかず離れず歩きながら、二人は小網町の舟小屋に向かった。

万蔵と小夜はすでにきていた。

「辻斬りの下手人がわかったんだな?」

小屋に入るなり、直次郎が訊いた。

「やっぱり小普請組支配の坂崎勘解由だったそうですよ」

応えたのは万蔵である。半次郎は黙って奥の板敷きに座り込んでいる。

「坂崎ってのは刀を集めるのが趣味だそうで」

「『伏見屋』はそこに眼をつけたってわけだな」

「目当ては御公儀御用達の金看板」

小夜がいった。

「それを手に入れるために浪人を雇って『結城屋』に押し込ませたんだって。押し込みの手引きしたのは安蔵って地廻りだそうですよ」

「なるほど」

そういえば『結城屋』の裏の木戸口で押し込みの浪人と斬り合っているとき、暗がりに立っているやくざふうの男を見た。あの男が安蔵だったのだろう。

「元締めから指令が出やした」

半次郎がようやく口を開いた。

「獲物は坂崎勘解由、『伏見屋』宗右衛門、奥右筆・宗像典膳の三人です」

「宗像！」

直次郎が瞠目《どうもく》した。

「半の字。その宗像ってのは辻斬りとどういう関わりがあるんだ？」

「直接の関わりはありやせん。坂崎の依頼を受けて宗像が『伏見屋』の御公儀御用達の件や松尾新之助の〝お番入り〟の口利きをしていたそうです」

奥右筆が絶大な権力を持っていることは、直次郎も知っている。そのことよりも直次郎の関心は別のところにあった。

「宗像に千鶴って側女はいるか？」

「はい。その女は松尾新之助の妹です」

「妹！」

「〃お番入り〃の謝礼代わりに宗像の屋敷に上がらせたと聞きやした」

（そうか）

それで謎が解けたような気がした。十鶴は新之助の仇《かたき》を討つために直次郎の命をねらったに違いない。直次郎が新之助を斬ったという事実を、千鶴がいつどこで知ったのかわからないが、それ以外に千鶴に命をねらわれる理由は思い当たらなかった。

「その千鶴さんてひと、大川に身を投げて死んだそうですよ」

小夜がしんみりといった。声に憐れみがこもっている。

「死んだ？」

「よっぽどつらいことがあったんでしょうね」

「まったくなァ」

憤然とした面持ちで万蔵がいう。

「宗像典膳は色狂い、坂崎勘解由は刀狂い、『伏見屋』宗右衛門は銭狂い。そんなくだらねえやつらのために何人の人間が死んでいったか」

「この仕事、決まりだね」

小夜が直次郎に向き直り、同意を求めるようにいった。直次郎は無言でうなずいた。それを見て半次郎がおもむろに立ち上がり、

「仕事料は獲物一人につき五両です」

と、空き樽の上に、五枚に重ねた小判の山を三つ並べた。

「おれは坂崎勘解由をやる。秋元彦四郎の仇討ちだ」

ぬっと手を伸ばして、直次郎が五両の金子をわしづかみにした。

「じゃ、あたしは宗像典膳」

小夜も取る。

「あっしは『伏見屋』を」

最後の五両を、万蔵がつかみ取って、

「じゃ、お先に」

と、そそくさと出て行った。

「さて、あたしも支度をしなきゃ」

小夜も腰を上げて出て行こうとすると、

「小夜」

直次郎が呼び止めた。戸口で小夜が振り返った。

「おめえ、一人で大丈夫か」

「旦那、あたしを心配してくれてるの？　それとも女だと思って馬鹿にしてるの？」

小夜が皮肉な口調で訊き返す。

「その両方さ」

小夜は、ふふっと鼻でせせら笑い、

「旦那は女を知らなすぎるんですよ」

悪たれ口を叩いて、ひらひらと舞うように小屋を出て行った。

「ちッ、あいかわらず口のへらねえ女だぜ」

苦笑する直次郎に、

「いい忘れておりやした」

半次郎がぼそりといった。

「今夜五ツ（午後八時）、坂崎勘解由は浅草の別邸に行くそうで」

「浅草？　場所はどのへんだ」

「ちょっとお待ち下さい」

奥の棚から筆と料紙をとると、半次郎は簡単な地図と別邸の見取り図を手早く描いて、直次郎に示した。この男、よほどしゃべるのが苦手らしい。

その紙を懐中にして、直次郎は舟小屋を出た。


伊勢町の自宅にもどった小夜は、風呂を浴びて「仕事」の身支度にとりかかった。

髪《かみ》を武家娘ふうに結いなおして、やや濃いめの化粧をほどこす。着物は藤色のあでやかな小袖を選ぶ。すっかり武家の奥女中ふうのよそおいになった。

髪に〝隠し武器〟の平打《ひらう》ちの銀かんざしを差して家を出た。

向かったのは、本郷菊坂の宗像典膳の屋敷である。

月明かりが皓々《こうこう》と降りそそいでいる。

どの武家屋敷も固く門を閉ざして、ひっそりと寝静まっている。

小夜は宗像の屋敷の裏手に回り、素早くあたりを見回すと、軽く膝を屈伸させて地面を蹴った。次の瞬間、小夜の体が高々と宙に舞い上がり、六尺（約百八十センチ）はあろうかという築地塀《ついじべい》をあっというまに飛び越えていた。散楽雑戯《さんがくざつぎ》の秘技「蓮飛《れんとび》」である。

トン。

と、塀の内側に下り立つ。そこは中庭の植え込みの陰だった。

闇に眼をこらして四辺の様子をうかがった。

奥の部屋の障子が白く光っている。小夜は足音をしのばせて、廊下に歩み寄った。

部屋の中で、寝衣姿の宗像が酒杯をかたむけながら書見をしていた。が、その眼はただ字面をなぞっているだけで、宗像の思念はべつのところにあった。

脳裏に千鶴の白い顔がよぎる。なぜ千鶴はみずから命を断ったのか。その理由が皆目わからなかった。千鶴には未練が残る。あの白い肌が忘れられない。

股間がうずいてきた。寝衣の下前をはぐって一物をつまみ出し、指でしごいてみる。だが、千鶴と媾合《まぐわ》ったときのあの快感にはおよびもつかない。苛立つように酒をあおる。

と、そのとき……、
廊下の障子にふっと影がさした。一瞬、宗像は我が眼を疑った。女の影である。

「誰だ？」

低く声をかけた。障子が音もなく開いて、女が両手をついた。小夜である。

「小夜と申します。坂崎勘解由さまのお申しつけで参上いたしました」

「勘解由どのから？」

「宗像さまをお慰めするようにと」

「そうか。勘解由どののがのう」

宗像の顔がほころんだ。

「入りなさい」

「失礼いたします」

小夜がつつましやかに膝行《しっこう》する。燭台の明かりに浮かび上がった小夜の顔は、化粧映えがしてひときわ美しい。宗像がねぶるような眼で見た。

「お酌を」

と、小夜が手をのばすと、宗像はいきなりその手を取って引き寄せた。

「あっ」

「ふふふ、わしを慰めるとは、こういうことなのだ」

荒々しく押し倒して小夜の胸元を開いた。形のいい乳房があらわになる。それをわしづかみにして乳首を吸う。吸いながら片手で着物の裾をたくし上げる。

下半身がむき出しになった。宗像の手が股間にのびる。指先が切れ込みに触れた。

「あ、ああ……」

思わず小夜がのけぞった。自分の意思とは裏腹にその部分が悦びを感じている。

壺の中で宗像の指がくねっている。小夜は身をよじりながら、右手を髪に伸ばして、銀の平打ちのかんざしをそっと引き抜いた。宗像はむさぼるように乳房を吸っている。

かんざしを高々と振りかざし、一気に宗像の盆《ぼん》の窪《くぼ》を突き刺す。深々と突き刺さったかんざしの尖端は、延髄《えんずい》にまで達していた。延髄は後脳と脊髄《せきずい》をつなぐ急所中の急所である。

宗像の全体重が小夜の体にのしかかった。かんざしを引き抜き、宗像の体を押しのけて立ち上がった。着物の乱れをなおし、ぬぐったかんざしを髪に差すと、小夜は何事もなかったように部屋を出ていった。

燭台の淡い明かりの下に、かっと両眼を見開いた宗像の顔がある。その首すじから糸を引くように細い血が流れている。

5

日本橋堀留町の料亭『扇屋』の二階座敷で、『伏見屋』宗右衛門と勘定奉行所《かんじょう》の勝手方《かってかた》役人・広田民部《ひろたみんぶ》が酒を酌みかわしていた。

この日、『結城屋』の跡地の払い下げが正式に決定し、その手続きがすんだあと、事務担当の広田を宗右衛門が接待したのである。

勘定勝手方という役職も利権が多いらしく、広田は接待慣れしていた。あきれるほど酒が強い。膳の上にはすでに五、六本の銚子が林立《りんりつ》している。広田はそれでも満足せず、

「河岸《かし》を代えようか」

という。女がいる店に行きたいようだ。さすがの宗右衛門も内心《ないしん》閉口していた。

「まだ宵の口ですから」

と、なだめなだめ酒を注ぐ。できれば一軒ですませたかった。広田のような下っぱ役人に金を使っても何の利益にもならないからである。

「伏見屋」

広田の眼が据わってきた。

「浜町河岸にわしの知っている茶屋があるのだが、そこに行かんか」

「茶屋でございますか」

「いい女がいるのだ。その見世《みせ》には」

「はあ」

「気のない返事だな。これ以上わしには付き合えんと申すのか」

悪い酒である。からみ酒というやつだ。

「い、いえ、決して、そんな」

宗右衛門は笑って手を振ったが、腹の中ではうんざりしている。

「まだお酒が残っておりますので、これを飲んでからにいたしましょう」

「うむ」

広田は手酌で飲み出した。

「今夜も暑うございますな」

開け放った窓の外に欅《けやき》の大木が立っている。

生い茂った葉はそよとも動こうとしない。まったくの無風である。

宗右衛門の眼には見えなかったが、その欅の木の枝に立って、じっと二人の様子をうかがっている人影があった。盗《ぬす》っ人《と》装束の万蔵である。

宗右衛門と広田が『扇屋』に入ったときから、万蔵はその欅の木に登って「殺し」の機会をねらっていたのである。

欅の木は『扇屋』の二階座敷の窓のほぼ正面にあった。その距離はおよそ六間（約十メートル）、「縄鏃」の射程距離内である。

広田が席を立ったときが勝負、と万蔵はみていたのだが、広田は一向に動こうとしなかった。二人が酒席についてからすでに半刻（一時間）ちかくたっている。

（これ以上、待ちきれねえ）

万蔵は焦《じ》れてきた。ふところから縄鏃を取り出し、紐を短く持って回しはじめた。

小枝が揺れて、生い茂った欅の葉がゆさゆさと音を立てる。それも計算の上だった。

「風が出てきましたな」

宗右衛門が腰を上げて、窓ぎわに立った。

（いまだ！）

万蔵の手から縄鏃が放たれた。

ヒュルル……。

革紐の尖端にむすばれた鏃が夜気を引き裂くように、宗右衛門に向かって一直線に飛んでゆく。手裏剣のように細く、するどい鏃が正確に宗右衛門の左胸を射ぬいていた。

ぐらり。

宗右衛門の体が大きくゆらいだ。すかさず革紐を引く。突き刺さった鏃が、一閃の弧を描いて宙にはね上がった。すばやく革紐をたぐり寄せる。

鏃が万蔵の手元にもどってくるのと、宗右衛門の姿が窓の下に沈んでゆくのとが、ほとんど同時だった。

「どうした？　伏見屋」

広田がけげんそうに振り向いた。

窓の欄干《らんかん》にもたれるような恰好で、宗右衛門がうずくまっている。

「気分でも悪くなったか」

と肩に手をかけた瞬間、宗右衛門の体がぐらりと横転した。左胸から音を立てて血が噴出している。広田の顔が凍りついた。

「だ、誰か！　誰かきてくれッ！」


同じころ――。

仙波直次郎は、浅草御蔵《おくら》前の通りを歩いていた。

通りの西側には豪壮な札差《ふださし》の店が軒をつらねている。ほとんどの店はすでに大戸を下ろして、ひっそりと寝静まっていた。人の往来もまったくない。

いつになく直次郎は緊張していた。

敵は坂崎勘解由一人ではない。坂崎の下に三人の家来がいる。その三人とは、以前、初音《はつね》の馬場で刀刃をまじえている。いずれもかなりの手練《てだれ》だったが、とりわけ手槍を使う男は手ごわい。現に秋元彦四郎もそいつの手にかかって命を落としている。

――手槍の攻撃をどう防ぐか。

その一点に今回の仕事の成否がかかっていた。

半次郎が描いた坂崎の別邸の図面を見て、直次郎はある秘策を立てていた。だが、それとて完全な防御策とはいえなかった。

もっとも生死をかけた真剣勝負に「完全」などというものはあり得ない。斬るか、斬られるか、殺すか、殺されるか。常に五分と五分なのだ。

駒形《こまかた》から右に道をとって吾妻橋の西詰に出た。広小路をわたると、そこが浅草花川戸である。半次郎の図面によると、花川戸町の北はずれに坂崎の別邸があるはずだ。

大川端の道を北に向かってしばらく行くと、左手に板塀で囲まれた二階家があった。

（これか）

直次郎は足を止めて二階の窓を見た。明かりが灯っている。どうやら坂崎は二階の部屋にいるらしい。踵を返して、南側の門に向かった。

見るからに風雅な檜皮葺門《ひわだぶきもん》である。

直次郎は、ためらいもなく門内に入っていった。

足音を聞きつけて、玄関から侍が一人出てきた。矢頭源十郎である。

「誰だ」

矢頭が低く誰何《すいか》した。

「坂崎勘解由はいるかい？」

「貴様、殿を呼び捨てにしおって！」

矢頭の手が刀の柄《つか》にかかった。

「辻斬りに〝さま〟呼ばわりはねえだろう」

「なんだと！」

矢頭が気色《けしき》ばんだ。

「闇の殺し人が成敗《せいばい》にきたと、坂崎にそう伝えてくれ」

「たわけたことを申すな！」

叫ぶなり、抜きつけの斬撃を送ってきた。

一瞬速く、直次郎の体はうしろに跳んでいた。矢頭が踏み込んで斬りかかってきた。さすがに太刀行きが速い。

直次郎はまた跳び下がった。矢頭を門の外におびき出す作戦である。

「どうした？」

玄関から二人の侍が飛び出してきた。古垣徳之助と赤座伝七郎である。古垣は手槍を持っている。

「曲者《くせもの》だ。手を貸してくれ」

矢頭がわめく。古垣が手槍の鞘を払って突いてきた。とっさに体を開いてかわした。穂先が直次郎の脇腹をかすめる。直次郎は背を向けて走り出した。

「待て！」

三人が追ってくる。

路地を走り抜けると、空き地に出た。直次郎はその空き地の奥に孟宗竹《もうそうちく》の竹林があることを、半次郎の図面で知っていた。

三人の足音が迫る。竹林に駆け込むなり、直次郎はくるっと背を返して抜刀した。

「いたぞ」

真っ先に飛び込んできたのは矢頭だった。一転、直次郎は矢頭に向かって突進していった。あわてて矢頭が刀を振り上げたが、それより速く、しゃっ。

直次郎が下から薙ぎあげていた。悲鳴をあげて矢頭がのけぞる。

「おのれ」

横合いから手槍の穂先が飛んできた。直次郎は竹と竹の間をすり抜けて左に逃げた。古垣がすかさず体を反転させる。だが、手槍が邪魔になって思うように動けない。

直次郎の秘策がずばり的中した。闘いの場を竹林に選んだのは、手槍の動きを封じ込めるためだったのである。

正面から斬撃がきた。赤座である。とっさに横に跳んでかわした。空《くう》を切った赤座の刀刃は孟宗竹を輪切りにしていた。

ざざっと笹葉が揺れて竹が倒れてくる。あわてて赤座が跳びのいた。その隙をついて、直次郎は赤座の背後にまわり込み、袈裟がけの一刀を浴びせた。

「わッ」

と叫んでよろめき倒れる。古垣が手槍を突いてきた。直次郎は右に跳んでかわした。穂先が竹の節に当たった。すかさず千段巻をわしづかみにしてグイッと引き寄せる。

古垣の体が前にのめった。そこを下から斬り上げる。首根に裂け目がはしり、血しぶきが飛び散った。皮一枚を残して古垣の首は直角に折れていた。

行燈《あんどん》の明かりを受けて、青みを帯びた刀身が不気味な光を放っている。

「長曾祢虎徹《ながそねこてつ》か」

陶然《とうぜん》とつぶやいたのは、坂崎勘解由である。

かしゃっと刃を返して、鋩子《ぼうし》から鍔元《つばもと》へと舐《な》めるように視線を這わせる。『伏見屋』から贈られた三振りの刀の中でも、坂崎はとくにこの刀が気に入っていた。

これを持つと無性に人が斬りたくなる。そんな魔力を秘めた刀だった。

「これこそ、まさに名刀中の名刀だ」

満足げな笑みを浮かべて刀を鞘に納めたとき、階段に足音がした。

「古垣か？　そろそろ出かけるぞ。支度をいたせ」

声をかけたが、返事はなかった。

「古垣」

もう一度呼んでみた。

「また人斬りですかい？」

聞き慣れぬ声とともに、がらりと襖が引き開けられた。そこに直次郎が立っている。

「な、何者だ！　貴様」

「闇の殺し人。あんたの命をもらいにきたぜ」

「おのれ！　曲者《くせもの》ッ」

立ち上がりざま、長曾祢虎徹を引き抜いて猛然と斬りかかってきた。横殴りの一刀である。直次郎は片膝をついて切っ先をかわし、居合抜きに下から薙ぎ上げた。

刀を持ったまま坂崎の右腕が肘のあたりで両断され、ごろんと畳の上に転がった。

「ぎゃッ」

と悲鳴をあげて、坂崎はぶざまに尻餅をついた。

「た、頼む。命だけは助けてくれ」

「一殺多生《いっせつたしょう》って知ってるかい」

「な、なんのことだ」

「こういうことよ」

直次郎の刀が一閃した。今度は左の腕が肩の付け根から切り落とされていた。両腕から噴き出した血が、たちまち畳の上に血溜まりを作った。

坂崎の口からもう言葉は出なかった。出るのはうめき声だけである。大量の血を失ってみるみる顔が青ざめてゆく。

直次郎は刀を垂直に立てて、とどめの一撃をくれようとしたが、思い直すようにその手を止めて、刀の血ぶりをして鞘に納めた。

なぜだ、といわんばかりに坂崎が弱々しい眼で直次郎を見上げた。

「楽に死なせるわけにはいかねえからさ」

吐き捨てるようにいって、直次郎は部屋を出ていった。

注・本作品は、平成十四年九月、小社から文庫判で刊行された、
『必殺闇同心　人身御供』の新装版です。

必殺闇同心　人身御供

一〇〇字書評

切・り・取・り・線

購買動機（新聞、雑誌名を記入するか、あるいは○をつけて下さい）	
□（　　　　　　　　）の広告を見て	
□（　　　　　　　　）の書評を見て	
□ 知人のすすめで	□ タイトルに惹かれて
□ カバーが良かったから	□ 内容が面白そうだから
□ 好きな作家だから	□ 好きな分野の本だから

・最近、最も感銘を受けた作品名をお書き下さい

・あなたのお好きな作家名をお書き下さい

・その他、ご要望がありましたらお書き下さい

住所	〒				
氏名		職業		年齢	
Eメール	※携帯には配信できません	新刊情報等のメール配信を 希望する・しない			

この本の感想を、編集部までお寄せいただけたらありがたく存じます。今後の企画の参考にさせていただきます。Eメールでも結構です。

いただいた「一〇〇字書評」は、新聞・雑誌等に紹介させていただくことがあります。その場合はお礼として特製図書カードを差し上げます。

前ページの原稿用紙に書評をお書きの上、切り取り、左記までお送り下さい。宛先の住所は不要です。

なお、ご記入いただいたお名前、ご住所等は、書評紹介の事前了解、謝礼のお届けのためだけに利用し、そのほかの目的のために利用することはありません。

〒一〇一－八七〇一
祥伝社文庫編集長　坂口芳和
電話　〇三（三二六五）二〇八〇

祥伝社ホームページの「ブックレビュー」からも、書き込めます。

www.shodensha.co.jp/bookreview

祥伝社文庫

必殺闇同心《ひっさつやみどうしん》　人身御供《ひとみごくう》　新装版《しんそうばん》

令和 2 年 2 月20日　初版第 1 刷発行

著　者　　黒崎裕一郎《くろさきゆういちろう》
発行者　　辻　浩明
発行所　　祥伝社《しょうでんしゃ》
東京都千代田区神田神保町 3-3
〒101-8701
電話　03（3265）2081（販売部）
電話　03（3265）2080（編集部）
電話　03（3265）3622（業務部）
www.shodensha.co.jp
印刷所　　堀内印刷
製本所　　ナショナル製本
カバーフォーマットデザイン　中原達治

Printed in Japan ©2020, Yūichirō Kurosaki ISBN978-4-396-34604-1 C0193

祥伝社文庫の好評既刊

祥伝社文庫の好評既刊